Au Sugamo Carrot

東京トイボックス

TOKYO TOYBOX 2

UME

OZAWA TAKAHIRO
SEO ASAKO

SOMMAIRE

ALLEZ, TOUT LE MONDE DEBOUT !!
ÇA FAIT DEUX HEURES !!
PLUS QU'UNE SEMAINE AVANT LA LIVRAISON ! PAS LE TEMPS DE ROUPILLER !!
AH, C'EST VRAI...
samurai☆kitchen
PUSH START
J'AI PASSÉ LA NUIT AU BUREAU.

level.10 Vous devez bien vous en douter !

TOI D'ABORD, FEIGNASSE !
VOILÀ ENCORE D'AUTRES RAPPORTS DE BUGS.
C'EST PAS VRAI ! COMMENT ÇA SE FAIT QU'ON EN TROUVE CHAQUE JOUR DES NOUVEAUX ?
Y'A TROP DE CHOSES À RAJOUTER !
"LES ENNEMIS SONT TROP FORTS", C'EST UNE OPINION PERSONNELLE, PAS UN BUG !
J'AI PAS LE TEMPS DE M'OCCUPER DE LEURS CRITIQUES !
J'PUE DU SLIP...
NOS PROGRAMMEURS ONT LES NERFS QUI COMMENCENT À LÂCHER...

*Liste de bugs

*Parc d'attractions dans le quartier d'Asakusa, ouvert en 1853.

C'EST UNE FONCTION-NALITÉ !!
MAIS... LA SEMAINE DERNIÈRE, TU DISAIS QU'IL FALLAIT TOUS LES SIGNALER...
ON N'A PAS LE TEMPS DE CORRIGER LES BUGS DE CATÉ-GORIE C.
CETTE SEMAINE, C'EST CETTE SEMAINE.
LA SEMAINE DERNIÈRE, C'ÉTAIT LA SEMAINE DERNIÈRE.
...

JUSQU'À PRÉSENT, IL NE S'AGISSAIT QUE DE LA PRODUCTION D'UNE VERSION INTERNATIONALE. J'AI DONC FERMÉ LES YEUX...
"SAMURAI KITCHEN"
PLAN PRÉLIMINAIRE POUR LE RACHAT DES DROITS DÉPOSÉS
MAIS CETTE FOIS, LE RISQUE EST TROP GRAND POUR QUE JE PUISSE VOUS LAISSER VOUS AMUSER AVEC CE PROJET.
AI-JE DÉJÀ FAIT PERDRE DE L'ARGENT À LA SOCIÉTÉ ?
ÉCOUTEZ, JE VEUX PRODUIRE LA SUITE DE CE JEU ET RÉCUPÉRER LES BÉNÉFICES ENGRANGÉS !
EFFACEZ CE SOURIRE DÉSINVOLTE.
TRÈS BIEN, ALORS SIGNEZ !
TWIP !
VOUS ME FAITES PENSER À SALIERI.

L'HOMME QUI VOULAIT DEVENIR COMME MOZART.
SALIERI ?
SALIERI AVAIT DE NOMBREUX TITRES ET ÉTAIT TALENTUEUX.
AH... CE VIEUX COMPOSITEUR DE MUSIQUE CLASSIQUE ?
MAIS POUR-TANT...
ÇA NE L'A PAS EMPÊCHÉ DE VOLER LES ŒUVRES DE MOZART QUAND CE DERNIER EST TOMBÉ EN DÉCHÉANCE.

POURQUOI VOUS ACHARNEZ-VOUS TANT SUR CET HOMME ?
MERCI.
VOUS SAVEZ, À PROPOS DE SALIERI...

IL ÉTAIT JALOUX DE MOZART.
MAIS CETTE SOI-DISANT JALOUSIE ...
... N'EST QU'UNE HISTOIRE FOLKLORIQUE QUI PREND SA SOURCE DANS UN OPÉRA.

ON A AUSSI INCLUS 98 % DES SUGGES-TIONS DES TESTEURS.
ET LES BUGS DE CATÉGORIE A SIGNALÉS AVANT-HIER SONT DÉJÀ CORRIGÉS !!
ON A ATTEINT UN TAUX DE 99 % DE BUGS CORRIGÉS !
COMME ON N'A PAS RÉUSSI À REPRODUIRE CEUX QUI RESTENT, ILS N'ONT PAS D'INCIDENCE SUR LE GAMEPLAY !!
PARFAIT !

JE CROIS QU'ON PEUT S'ARRÊTER LÀ !

JE N'AI JAMAIS RÉUSSI À FINIR LE JEU TOUTE SEULE. ÇA M'ÉNERVE UN PEU.
TU CONTINUES À JOUER ?
ON A FINI DE GRAVER LES MASTERS ?
ÇA Y EST PRESQUE.
ÇA Y EST, TU ARRIVES À JOUER SANS FAIRE DE GRANDS GESTES !
EUH... OUI...
HAN... PLUS FORT...
JE PENSAIS QUE VOUS SERIEZ BIEN PLUS CONTENTS D'AVOIR FINI LE MASTER...
...
QUAND C'EST FINI, C'EST FINI. POINT FINAL.

ET SI TU RESTAIS CHEZ G3 AU LIEU DE RETOURNER AU SIÈGE ?
TU AS LES DOIGTS BIEN FERMES... ♡
...
TIC ! TIC ! TIC !
RESTER ? EH BIEN...
MAIS...
TIC ! TIC ! TIC !
POUF !

DZZZ
QUELQU'UN A APPELÉ SUDA ?
OUI, IL VIENT CHERCHER LES MASTERS TOUT DE SUITE.
DEMAIN, JE PARS FAIRE DU SNOWBOARD !
EH, MASA ! SI TU DOIS TE CASSER QUELQUE CHOSE, QUE CE SOIT LA JAMBE !
DITES...
JUSTE AVANT LA FIN, J'AI APPUYÉ PLUSIEURS FOIS SUR LE BOUTON R ET L'ÉCRAN EST DEVENU TOUT NOIR.
ÇA AUSSI, C'EST UNE FONCTION-NALITÉ ?

ELLE A TROUVÉ...
UN BUG DE CATÉGORIE S !
SWOP !
SKREEE !
SUDA EST DÉJÀ ARRIVÉ !
IL VIENT DE LAISSER UN GROS POURBOIRE AU CHAUFFEUR DE TAXI !
QUE... QU'EST-CE QU'ON FAIT ?!
RIEN QUE POUR TROUVER LA CAUSE DU PLANTAGE, ÇA PEUT PRENDRE DES JOURS !!
PITIÉ, FAISONS COMME SI ON SAVAIT RIEN.
POURQUOI ON N'A PAS VU UN TRUC AUSSI GROS AVANT ?!

カッ STAP
カッ STAP
カッ STAP
カッ STAP
DITES...
HUM ?
studio G3
SI...
SI ON ALLAIT PRENDRE UN CAFÉ ?

HA HA...
ELLE APPELLE SON MAÎTRE PAR UN NUMÉRO.
MAÎTRE N°5, VOTRE TABLE EST PRÊTE...
ÇA TOMBE BIEN QUE VOUS M'AYEZ PROPOSÉ CE CAFÉ.
HEIN... ?
DEVENEZ UNE SOUBRETTE !!
Mademoiselle, pourquoi ne pas essayer un costume de soubrette ?
LET'S SERVE ♡
2 000 yens (photo souvenir incluse)
* SALLE INDIVIDUELLE DISPONIBLE (AVEC SUPPLÉMENT)
JE VOULAIS JUSTEMENT VOUS VOIR EN TÊTE-À-TÊTE.

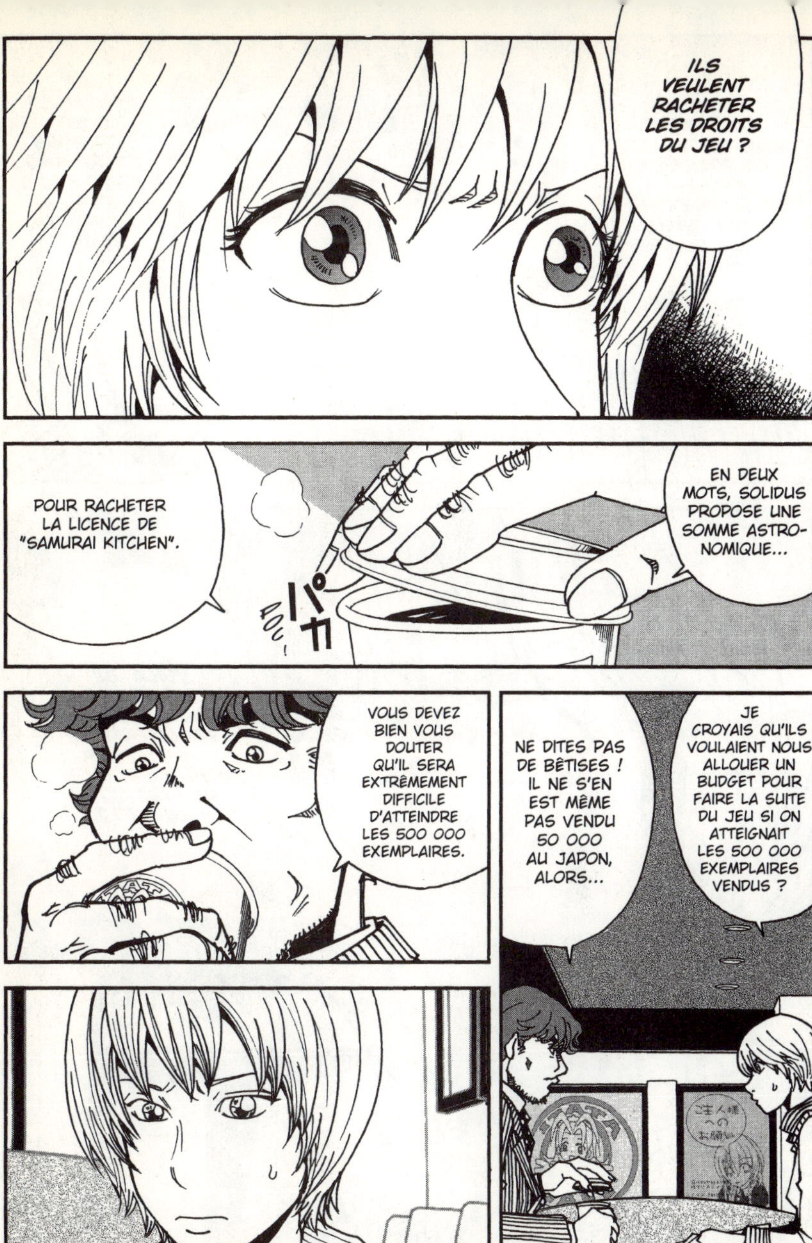
ILS VEULENT RACHETER LES DROITS DU JEU ?
EN DEUX MOTS, SOLIDUS PROPOSE UNE SOMME ASTRONOMIQUE...
POUR RACHETER LA LICENCE DE "SAMURAI KITCHEN".
パカ
JE CROYAIS QU'ILS VOULAIENT NOUS ALLOUER UN BUDGET POUR FAIRE LA SUITE DU JEU SI ON ATTEIGNAIT LES 500 000 EXEMPLAIRES VENDUS ?
NE DITES PAS DE BÊTISES ! IL NE S'EN EST MÊME PAS VENDU 50 000 AU JAPON, ALORS...
VOUS DEVEZ BIEN VOUS DOUTER QU'IL SERA EXTRÊMEMENT DIFFICILE D'ATTEINDRE LES 500 000 EXEMPLAIRES.

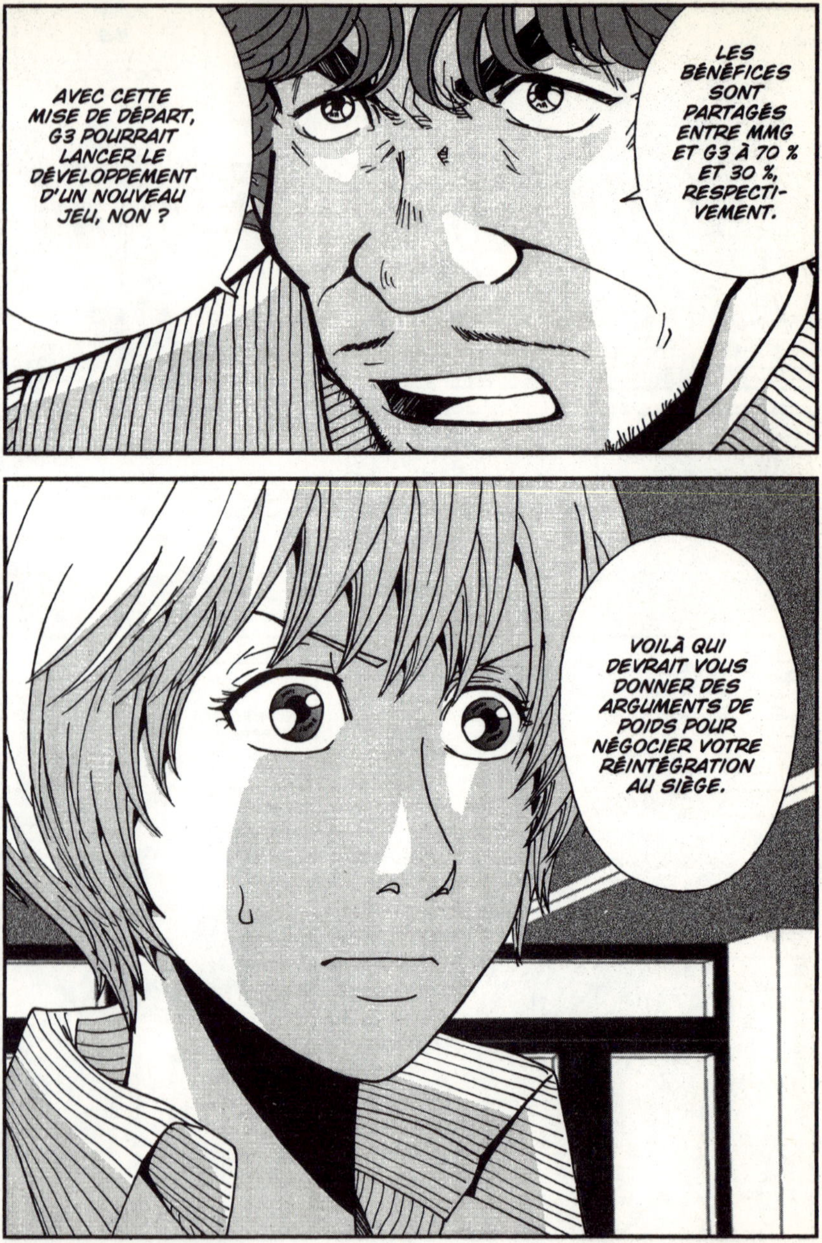
LES BÉNÉFICES SONT PARTAGÉS ENTRE MMG ET G3 À 70 % ET 30 %, RESPECTI-VEMENT.
AVEC CETTE MISE DE DÉPART, G3 POURRAIT LANCER LE DÉVELOPPEMENT D'UN NOUVEAU JEU, NON ?
VOILÀ QUI DEVRAIT VOUS DONNER DES ARGUMENTS DE POIDS POUR NÉGOCIER VOTRE RÉINTÉGRATION AU SIÈGE.

level.10 Fin.

ARRÊTEZ DE DIRE N'IMPORTE QUOI !!
CHUT !
NE CRIEZ PAS COMME ÇA !
ON NE SAIT JAMAIS DANS L'OREILLE DE QUI NOTRE CONVERSATION POURRAIT TOMBER…
HEIN ?
DEVENEZ UNE SOUBRETTE !!
2 000 yens (photo souvenir incluse)
* SALLE INDIVIDUELLE DISPONIBLE (AVEC SUPPLÉMENT)
VEUILLEZ ME SUIVRE, MADEMOISELLE. ♡
HEIN ? AH NON ! JE…
ÇA ALORS… ÇA VOUS VA À RAVIR ! ♡

level.11 Rêves, espoirs... et réalité

QUE VOUS METTIEZ OU PAS LE COSTUME, LE TARIF EST LE MÊME. AUTANT EN PROFITER.
JE VOUS PRÉVIENS, C'EST VOUS QUI RÉGLEREZ LA NOTE !!
POUR UNE SOUBRETTE, VOUS NE MANQUEZ PAS D'AUDACE !
SI G3 CÈDE LES DROITS DE SAMURAI KITCHEN À SOLIDUS...
ÇA VEUT DIRE QU'ON NE FERA JAMAIS LA SUITE, MÊME SI LA VERSION INTERNATIONALE SE VEND BIEN ?
EN ÉCHANGE, VOUS AVEZ UNE RENTRÉE D'ARGENT CONSÉQUENTE GARANTIE.

LA CESSION DES DROITS, C'EST LA SEULE SOLUTION ?
SAMURAI KITCHEN EST UN TITRE QUI VOUS TIENT AUSSI À CŒUR, N'EST-CE PAS ?
EH BIEN...
JE NE M'ATTENDAIS PAS À CE QUE VOUS VOUS OPPOSIEZ À CE RACHAT...

100 MILLIONS TOUT ROND.
VOUS POUVEZ RASSEMBLER CETTE SOMME ?
À VRAI DIRE, JE NE TIENS PAS SPÉCIALEMENT À ACCEPTER L'OFFRE DE SOLIDUS.
SI G3 PEUT M'OFFRIR LE MÊME PRIX POUR LES DROITS, C'EST TOUT AUSSI BIEN.
MASA
TSUKIYAMA
RODRI
COMMANDE LES REPAS
PRÉPARE DE QUOI GRIGNOTER
CORVÉE DE POUBELLES

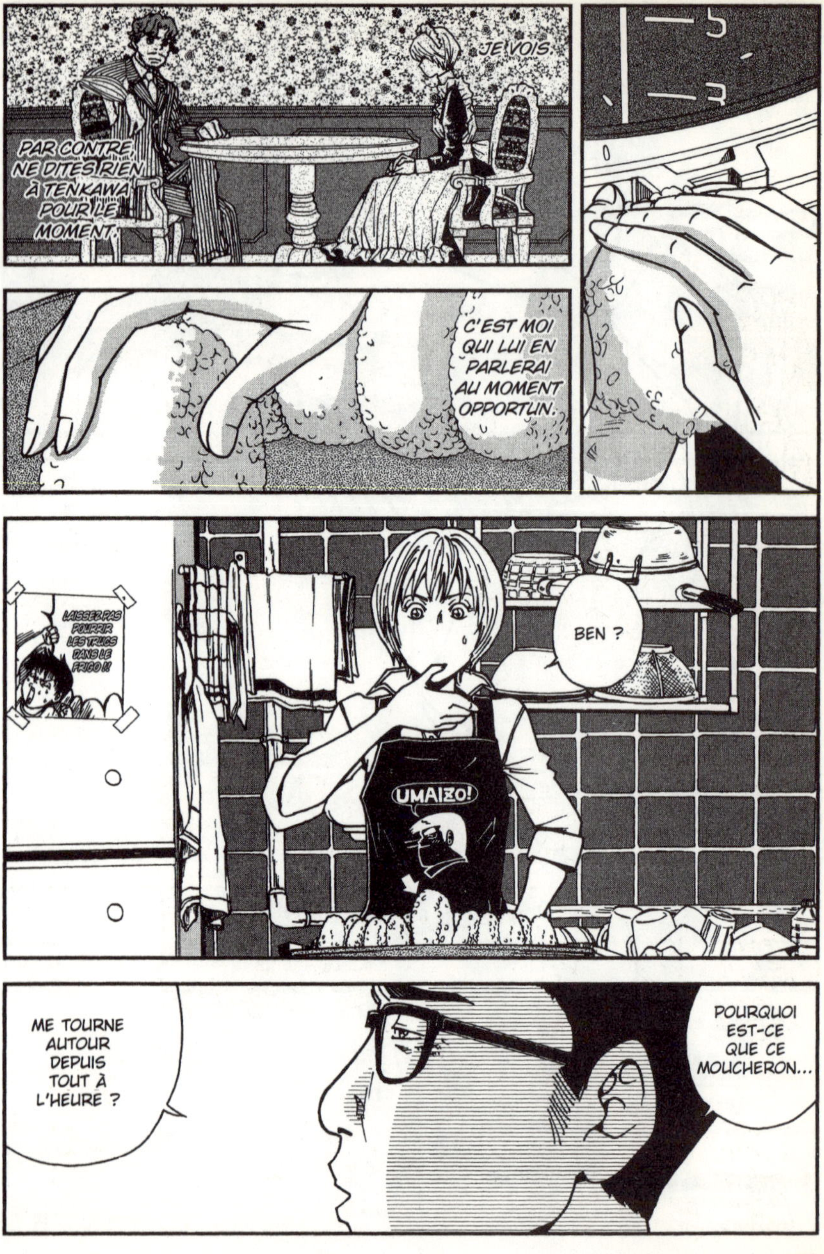
JE VOIS
PAR CONTRE, NE DITES RIEN À TENKAWA POUR LE MOMENT.
C'EST MOI QUI LUI EN PARLERAI AU MOMENT OPPORTUN.
BEN ?
LAISSEZ PAS POURRIR LES TRUCS DANS LE FRIGO !!
UMAIZO!
POURQUOI EST-CE QUE CE MOUCHERON...
ME TOURNE AUTOUR DEPUIS TOUT À L'HEURE ?

UN MOUCHERON, YUSA ? MOI, JE NE VOIS RIEN.
MAIS SI, LÀ… REGARDE…
JE DOIS RENTRER NOURRIR SHISHI-MARU.
TU N'AVAIS PAS DIT QUE TA COPINE S'OCCUPERAIT DE TON HAMSTER ?
…
LA COUPE EST PLEINE, MAINTENANT…
MUNCH !
MUNCH !
MONCH !
MONCH !
SANS DÉCONNER, J'EN AI PAR-DESSUS LA TÊTE.
'FAUT QUE TU PRENNES UNE DÉCISION, CHEF.

MONCH !
モグ
MONCH !
モグ
モグ
モグ
MONCH !
C'EST PAS COMME SI ON LAISSAIT TOMBER, TU SAIS...
ON A FAIT TOUT CE QU'ON A PU.
...
QUE TOUT LE MONDE SE RASSEMBLE DANS LE COIN RÉUNION.
ON VA FAIRE UN MEETING.

BON, ALORS... L'AUTRE JOUR, ON A TROUVÉ UN BUG DE CATÉGORIE S DANS LE JEU.
ON A CHERCHÉ L'ORIGINE DU PROBLÈME PENDANT VINGT-QUATRE HEURES...
MAIS MALHEUREU-SEMENT, ON N'A PAS PU DÉCOUVRIR CE QUI CAUSAIT CE BUG.
MA FEMME...

J'AI MÊME PAS EU LE TEMPS D'ALLER RENDRE LES FILMS QUE J'AVAIS LOUÉS AU VIDÉO-CLUB...
JE ME SUIS BROUILLÉ AVEC MES DERNIERS POTES PARCE QUE J'AI DÛ ANNULER NOTRE PLAN SNOW-BOARD.
JE CROIS QU'ELLE EST ALLÉE CHERCHER UN FORMULAIRE DE DEMANDE DE DIVORCE...

IL Y A BIEN UN MOYEN DE CORRIGER CE BUG...
YODA, À TOI L'HON-NEUR.
CE FAMEUX BUG N'APPARAÎT QUE SI ON CHOISIT DE JOUER À LA QUÊTE SECONDAIRE "SUSHI".
DONC...
IL SUFFIRAIT DE SUPPRIMER PUREMENT ET SIMPLEMENT CE SOUS-NIVEAU.
C'EST PAS UN PEU RADICAL ?
LE SOUS-NIVEAU SUSHI A ÉTÉ AJOUTÉ DANS LA VERSION INTERNA-TIONALE EN TOUT DERNIER.
ON N'AURAIT PAS TROP DE PROBLÈMES POUR LE SUPPRIMER.

DANS CETTE PARTIE DU JEU, IL N'Y A QUE DES ÉLÉMENTS SECONDAIRES. MÊME SANS ÇA, LE SCÉNARIO TIENT ENCORE LA ROUTE.
MAIS COMME LE NIVEAU EN LUI-MÊME EST PLUTÔT BON ET QUE JE LE TROUVE SYMPA...
ON N'AURA QU'À L'INCLURE DANS LA SUITE DU JEU !

MAIS C'EST SOLIDUS QUI LA DÉVELOPPERA.
IL Y AURA BIEN UNE SUITE À "SAMURAI KITCHEN".
TRÈS BIEN...
C'EST UNE BONNE IDÉE. ÇA M'ÉTONNE DE TOI, TAIYÔ.
BON, DANS CE CAS...
OK ! ALLONS-Y POUR LA SUITE ET ON N'EN PARLE PLUS !
MOI, JE M'EN FICHE, TANT QU'ON ME VERSE MON SALAIRE...
C'EST LA DERNIÈRE LIGNE DROITE ! JE COMPTE SUR VOUS POUR...
ALLEZ, IL NOUS RESTE TRENTE-SIX HEURES !!

PAS QUESTION !!
HEIN... ?
PAS QUESTION D'ENLEVER QUOI QUE CE SOIT !
PARCE QUE...
PARCE QUE CE N'EST PAS VOUS QUI FEREZ LA SUITE DU JEU.
QUI VOULAIT SE CONCENTRER SUR UNE CIBLE DE HARDCORE GAMERS ALORS QUE SOLIDUS VOULAIT FAIRE UN JEU TOUT PUBLIC ?

TSUKI-YAMA... ?
LE SOUS-NIVEAU SUSHI EST UNE QUÊTE SECONDAIRE QUI NÉCESSITE BEAUCOUP D'ENTRAÎNEMENT.
C'EST JUSTEMENT ÇA QUI PLAÎT AUX JOUEURS CHEVRONNÉS, NON ?
SI LE JEU N'EST PAS CLAIREMENT DÉDIÉ À UN PUBLIC BIEN PRÉCIS...
JE NE CROIS PAS QU'IL PUISSE AVOIR DU SUCCÈS !!
QU'EST-CE QUI LUI PREND, TOUT À COUP ?
EH BEN...
C'EST UNE SACRÉE GIROUETTE, CELLE-LÀ...

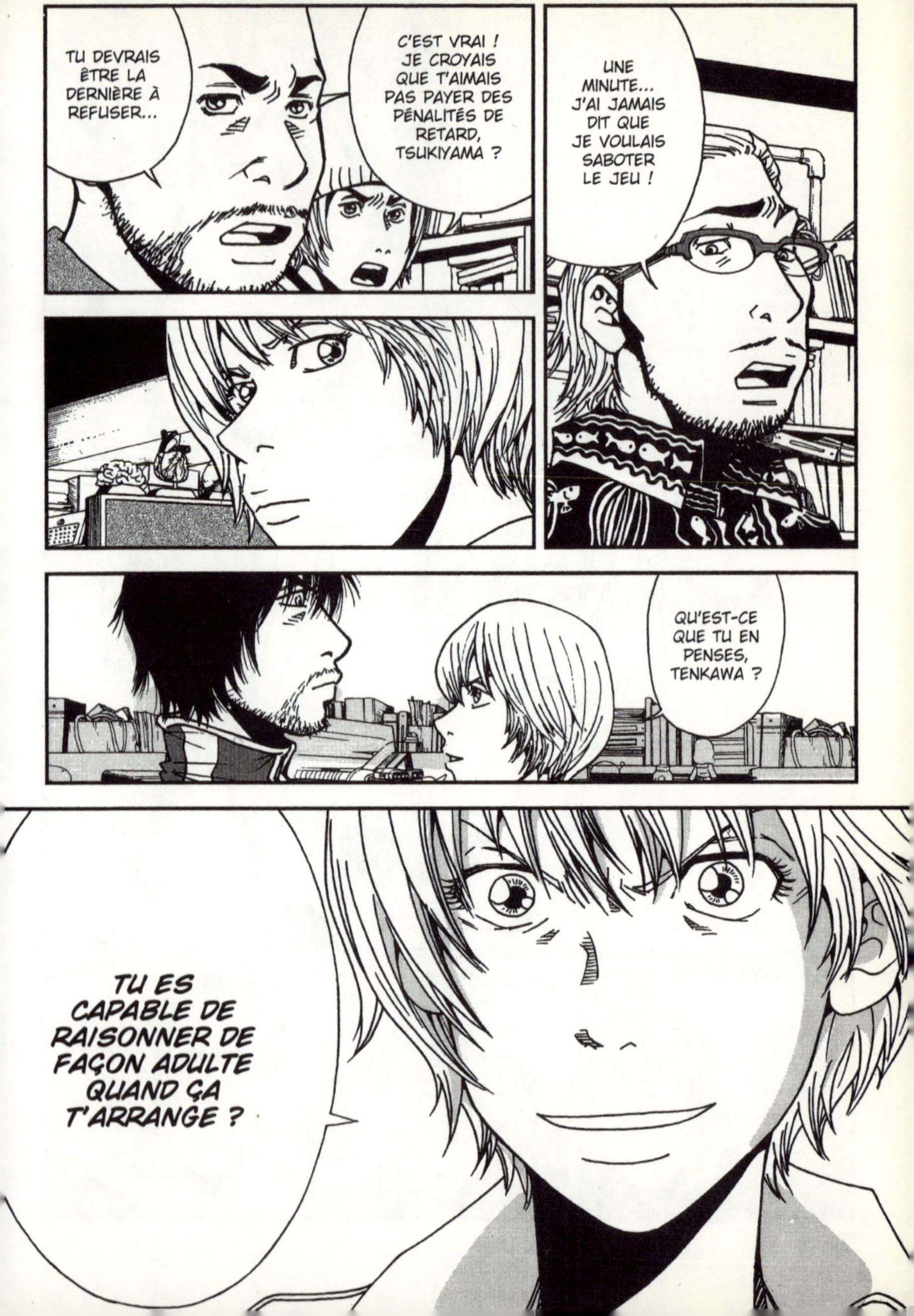
TU DEVRAIS ÊTRE LA DERNIÈRE À REFUSER...
C'EST VRAI ! JE CROYAIS QUE T'AIMAIS PAS PAYER DES PÉNALITÉS DE RETARD, TSUKIYAMA ?
UNE MINUTE... J'AI JAMAIS DIT QUE JE VOULAIS SABOTER LE JEU !
QU'EST-CE QUE TU EN PENSES, TENKAWA ?
TU ES CAPABLE DE RAISONNER DE FAÇON ADULTE QUAND ÇA T'ARRANGE ?

JE FERAIS MIEUX...
...DE LEUR AVOUER LA VÉRITÉ, PEUT-ÊTRE...

BLAAAM !
NON...

TOUT LE MONDE AU BOULOT ! ON ENLÈVE LE SOUS-NIVEAU SUSHI !
ÇA NE SERT À RIEN...
... DE FAIRE UN JEU SI ON NE BOUCLE PAS SON DÉVELOPPEMENT !

level.11 Fin.

MMG VA VENDRE À SOLIDUS LES DROITS DÉPOSÉS DE SAMURAI KITCHEN.
CONTRACTUELLEMENT, G3 N'A PAS LE DROIT DE REFUSER, ET DE TOUTE FAÇON L'ÉTAT DE LA TRÉSORERIE NE LE PERMETTRAIT PAS.

ON NE SERA PLUS EN MESURE DE DÉVELOPPER LA SUITE.
level.12 Une nuit froide et douloureuse

QUOI ?
QU'EST-CE QU'ELLE VIENT DE DIRE ?
ON NE FERA PAS LA SUITE ?
HA !
"DROITS DÉPOSÉS"... ?
......
SANS DÉCONNER...

PLOM !
ALORS AVANT D'AMPUTER LE JEU D'UN SOUS-NIVEAU...
JE VOUS CONSEILLE D'AVOIR CETTE CESSION DE DROITS EN TÊTE ET DE PESER LE POUR ET LE CONTRE.

JE PARIE
QUE C'EST
UN COUP DE
SENSUI...

ÉVIDEMMENT... JE VOIS LE TABLEAU.
JE CROIS QUE POUR VIRER LE SOUS-NIVEAU, Y'A PAS PHOTO, MAINTENANT.
DE TOUTE FAÇON, LE JEU VA PASSER ENTRE DE NOUVELLES MAINS, ALORS...
PAS LA PEINE DE SE TRITURER LE CERVEAU : ON N'A QU'À FAIRE AU PLUS SIMPLE.
...
MOI, ÇA NE ME POSE AUCUN PROBLÈME.
MAIS VOUS...
VOUS N'AVEZ PAS D'OBJECTION ?

C'EST LE SEUL JEU QUE G3 AIT DÉVELOPPÉ DE BOUT EN BOUT, NON ?
VOUS N'EN FEREZ PAS D'AUTRE COMME CELUI-LÀ, APRÈS.
VOUS ÊTES VRAIMENT CERTAINS QUE VOUS N'AUREZ PAS DE REGRETS ?
納豆菌

TU AS PITIÉ DE NOUS, OU QUOI ?
TU ESSAIES DE FAIRE PREUVE DE COMPASSION PARCE QU'ON N'ARRÊTAIT PAS DE PARLER DE LA SUITE...
SANS SE DOUTER DE CE QUI SE TRAMAIT DANS NOTRE DOS ?
"UNE QUÊTE SECONDAIRE QUI DEMANDE DE L'ENTRAÎNEMENT" ? "C'EST JUSTEMENT ÇA QUI PLAÎT AUX JOUEURS CHEVRONNÉS" ?
"TOUT CE QUE JE FAIS, C'EST DANS L'INTÉRÊT DU JEU" ? C'ÉTAIT DU VENT, TOUT ÇA !
C'EST TYPIQUE D'UNE BONNE PETITE EMPLOYÉE MODÈLE...

J'Y AI VU QUE DU FEU. T'AS ÉTÉ DRÔLEMENT FINAUDE.

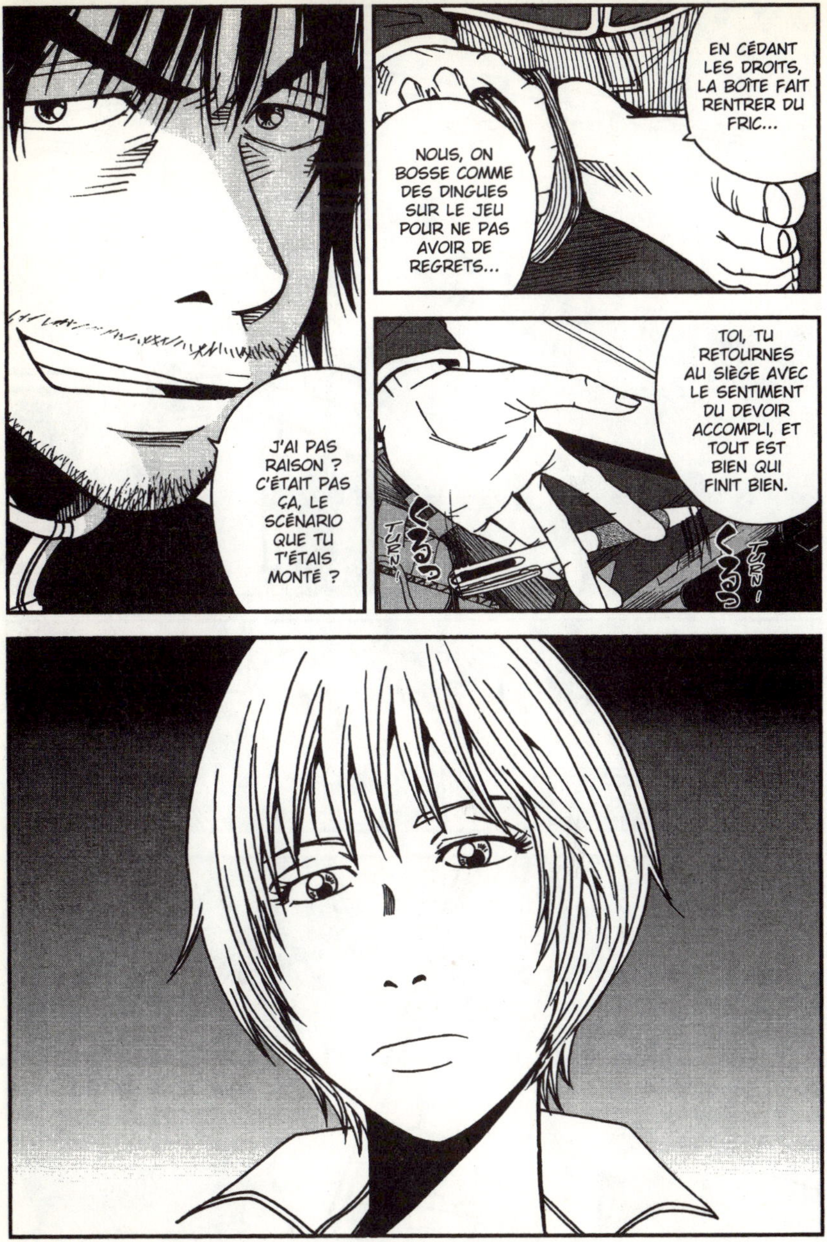
EN CÉDANT LES DROITS, LA BOÎTE FAIT RENTRER DU FRIC...
NOUS, ON BOSSE COMME DES DINGUES SUR LE JEU POUR NE PAS AVOIR DE REGRETS...
TOI, TU RETOURNES AU SIÈGE AVEC LE SENTIMENT DU DEVOIR ACCOMPLI, ET TOUT EST BIEN QUI FINIT BIEN.
TURN!
TURN!
J'AI PAS RAISON ? C'ÉTAIT PAS ÇA, LE SCÉNARIO QUE TU T'ÉTAIS MONTÉ ?

SLAP !
!!

... !!
ARRÊTE DE RACONTER N'IMPORTE QUOI.
MÊME SI JE PENSAIS AVANT TOUT À MES PROPRES INTÉRÊTS, QU'EST-CE QUE ÇA CHANGERAIT ?
QUE CE SOIT MOI...
OU LE STUDIO G3...
M. SUDA OU MÊME SOLIDUS...
PEU IMPORTE CE QU'ON A DANS LA TÊTE !!

TOI, LE SEUL TRUC AUQUEL TU DOIS PENSER, C'EST LE JEU !!

DÉSOLÉE...
JE CROIS QUE JE VAIS RENTRER CHEZ MOI.
JE VOUS LAISSE DISCUTER DE TOUT ÇA ENTRE VOUS.
AU REVOIR.

...
ALORS ?
ON FAIT QUOI, FINALEMENT ?
...
...

ON VIRE LE SOUS-NIVEAU.
APRÈS, ON FAIT VINGT-QUATRE HEURES DE DEBUG ET ON COMPILE UN MASTER.
TAIYÔ...
CETTE HISTOIRE CRAINT, MAIS JE ME SUIS FAIT UNE RAISON.
MOI, LES DROITS DÉPOSÉS, JE M'EN BALANCE.
DE L'AUTRE CÔTÉ DE L'OCÉAN, LES FANS ATTENDENT NOTRE JEU AVEC IMPATIENCE.
ALORS PAS QUESTION DE REPOUSSER LA DATE DE SORTIE !

ON N'A PAS BEAUCOUP DE TEMPS ! AU BOULOT, AU BOULOT !
ALLEZ ! SI VOUS ÊTES D'ACCORD, FILEZ À VOS BUREAUX !
PFFF...
AÏE... ELLE M'A PAS RATÉ...

はー
SHOOOH
カッ
STAP!
カッ
STAP!
カッ
STAP!
level.12 Fin.

EN RAISON DE LA NEIGE, LE TRAFIC FERROVIAIRE SERA TRÈS PERTURBÉ AUJOURD'HUI...
両国
いょうごく
Ryougoku
錦糸町
hichou
Asakusabashi
BIEN SÛR ! C'EST UN PLAISIR DE VOUS AVOIR AU TÉLÉPHONE !
VOUS DITES ? AUJOUR-D'HUI... ?
NON ! PAS DE PROBLÈME !
JE VOUS VERRAI TOUT À L'HEURE, DONC !
TRÈS BIEN !
ON DOIT AVOIR LE MÊME ÂGE, À PEU PRÈS...
PFFF...
CLAP !

MOI AUSSI, IL FAUDRAIT QUE JE ME BOUGE...
level. 13 À ce sujet...

LA NEIGE, ÇA DOIT ÊTRE PARCE QU'ON A LIVRÉ UN MASTER...
ABE MARI, ON FAIT UN BONHOMME DE NEIGE ?
...
CET ABRUTI DE TAIYÔ ! CETTE HISTOIRE DE DROITS, C'EST DE SA FAUTE !
IL AURAIT DÛ FAIRE PLUS ATTENTION AUX PETITES LIGNES DU CONTRAT !

ALLONS, DU CALME.
C'EST VRAI, QUOI...
ON DOIT VIRER UN SOUS-NIVEAU...
ON NE DÉVELOPPERA PAS LA SUITE...
カタ TIC !
カタ TIC !
ABE MARI...
BAH, ÇA ARRIVE SOUVENT DANS CE MILIEU.
カタ TIC !
ELLE COMMENCE À ME LES BRISER MENUES, CETTE WORKING GIRL !
ELLE A BIEN FAIT SON PETIT BUSINESS AVEC SUDA DANS NOTRE DOS !!
TENKAWA
RYÔ
TSUKIYAMA
ÔTEMACHI
MASA !!

CE N'EST PAS BIEN DE LANCER DES ACCUSATIONS PAREILLES SANS CERTITUDE !
JE PARIE QU'ELLE A DÉJÀ TROUVÉ UN MOYEN DE RÉCUPÉRER SA PLACE AU SIÈGE.
...
TIC
TIC
TIC
TIC
FRIP
FRIP
TAC
AÏE !!
C'EST TOI QUI AS PONDU CE CODE DIGNE D'UN AMATEUR ?
SANS PARLER DE TAIYÔ ! TROP BON, TROP CON, CELUI-LÀ !
IL S'EST FAIT AVOIR PAR SUDA MAIS IL LUI A QUAND MÊME LIVRÉ LE MASTER COMME UN BON TOUTOU !
QUEL PAUVRE CONN...

CELUI QUI EST TROP CON, C'EST TOI, MON POTE !
TON CODE, IL POURRAIT TENIR EN CINQ LIGNES ! QU'EST-CE QUI T'ARRIVE ?
MAIS... C'EST TOI QUI M'AS DIT QU'IL ÉTAIT BON, YODA !
ESSAIE PAS DE TE TROUVER DES EXCUSES.
ÇA SUFFIT, ARRÊTEZ VOS ENFANTILLAGES.

DE TOUTE FAÇON, TOUT EST FINI.
VRAIMENT DÉSOLÉ... ON NE SE REFAIT PAS.
BAH, TU AS BRAVÉ LA NEIGE, ALORS...
Mv.I.42
ET DONC, VOUS AVEZ SUPPRIMÉ UN SOUS-NIVEAU, D'OÙ LE RETARD ?
SI ON AVAIT UN BATEAU, JE POURRAIS DESCENDRE LA RIVIÈRE KANDA ET ARRIVER DIRECTEMENT CHEZ VOUS.
AKIHABARA
RYÔGOKU
G3
KANDA
SUMIDA
MMG

HÉ HÉ, BONNE IDÉE ! AVEC L'ARGENT DES DROITS, VOUS POURREZ VOUS PAYER UN BATEAU !
...
VOUS CROYEZ QUE C'EST SANS APPEL, POUR LA SUITE DU JEU ?
LE CONTRAT N'EST PAS ENCORE DÉFINITIF, IL ME SEMBLE.
ON FINIRA PAR AVOIR ASSEZ D'ARGENT... BIEN SÛR, CE N'EST PAS POUR TOUT DE SUITE, MAIS...
TCHIK !
CETTE SATANÉE WORKING GIRL...
JE PARIE QU'ELLE A DÛ T'EXPLIQUER DE TRAVERS.

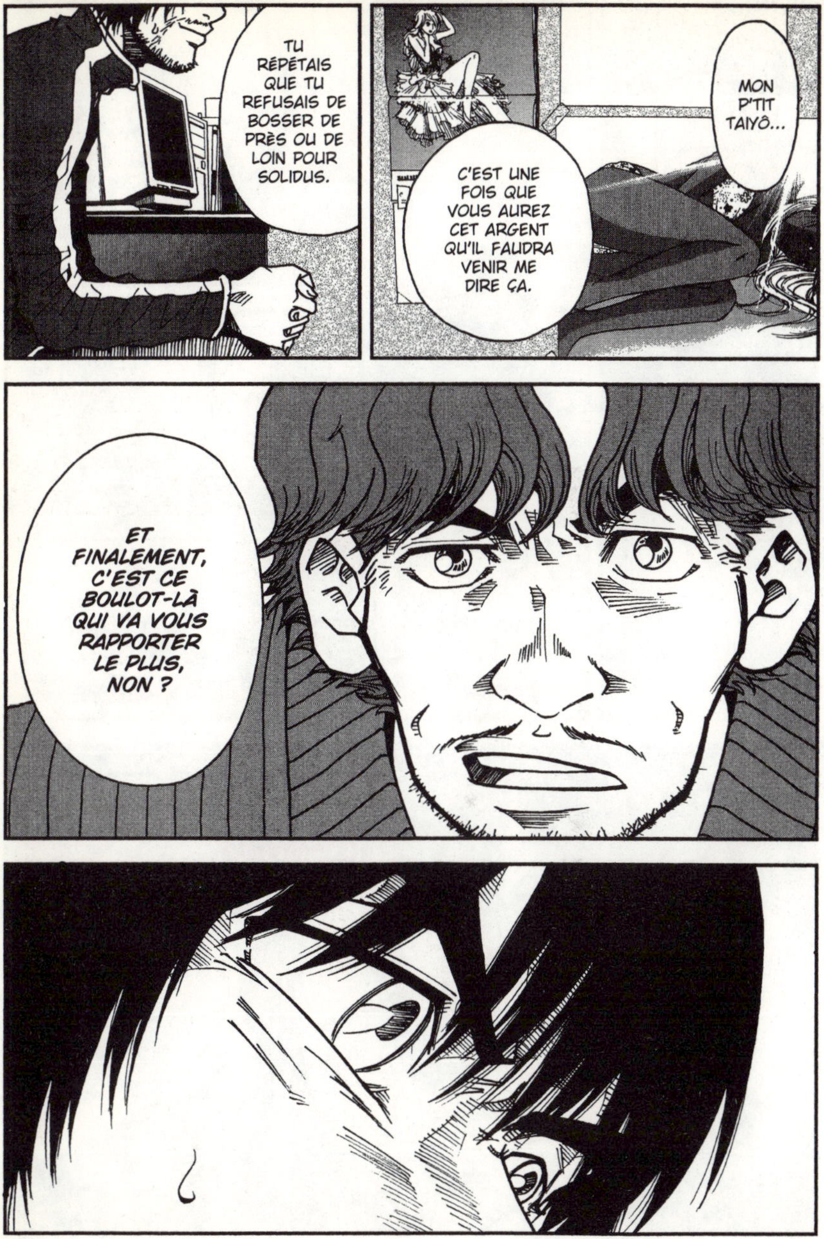
MON P'TIT TAIYÔ...
C'EST UNE FOIS QUE VOUS AUREZ CET ARGENT QU'IL FAUDRA VENIR ME DIRE ÇA.
TU RÉPÉTAIS QUE TU REFUSAIS DE BOSSER DE PRÈS OU DE LOIN POUR SOLIDUS.
ET FINALEMENT, C'EST CE BOULOT-LÀ QUI VA VOUS RAPPORTER LE PLUS, NON ?

FOOOH...
ふーっ
...
AU FAIT...
TU TE L'ES TAPÉE, LA WORKING GIRL ?
PARDON ?
JE TE DEMANDE SI TU L'AS DÉJÀ CULBUTÉE.

CULBU... ?!
AH BON ? PAS ENCORE ?
C'EST DINGUE, J'ÉTAIS PERSUADÉ QUE C'ÉTAIT CONSOMMÉ !
BEN OUI, VU QU'ELLE N'A PAS ARRÊTÉ DE ME DEMANDER S'IL N'Y AVAIT PAS UN MOYEN DE NE PAS VENDRE LES DROITS...
DANS CE CAS, JE NE COMPRENDS PAS POURQUOI ELLE S'Y EST OPPOSÉE COMME ÇA.
C'EST BIZARRE. ELLE A L'AIR D'Y TENIR...
... !!

NOUS N'AVIONS JAMAIS EU LE PLAISIR DE DISCUTER, TOUTES LES DEUX.
M. SARUWATARI A ÉTÉ MUTÉ.
C'EST MOI QUI LE REMPLACE. JE M'APPELLE TAKAHAMA.
QUAND VOUS RÉINTÉGREREZ LE SIÈGE, VOUS FEREZ PARTIE DE MES SUBORDONNÉS.
JE L'AI GIFLÉ ET J'AI PLEURÉ...
JE SUIS VRAIMENT NULLE...
VOUS M'ÉCOUTEZ, Mlle TSUKIYAMA ?
EUH, OUI...

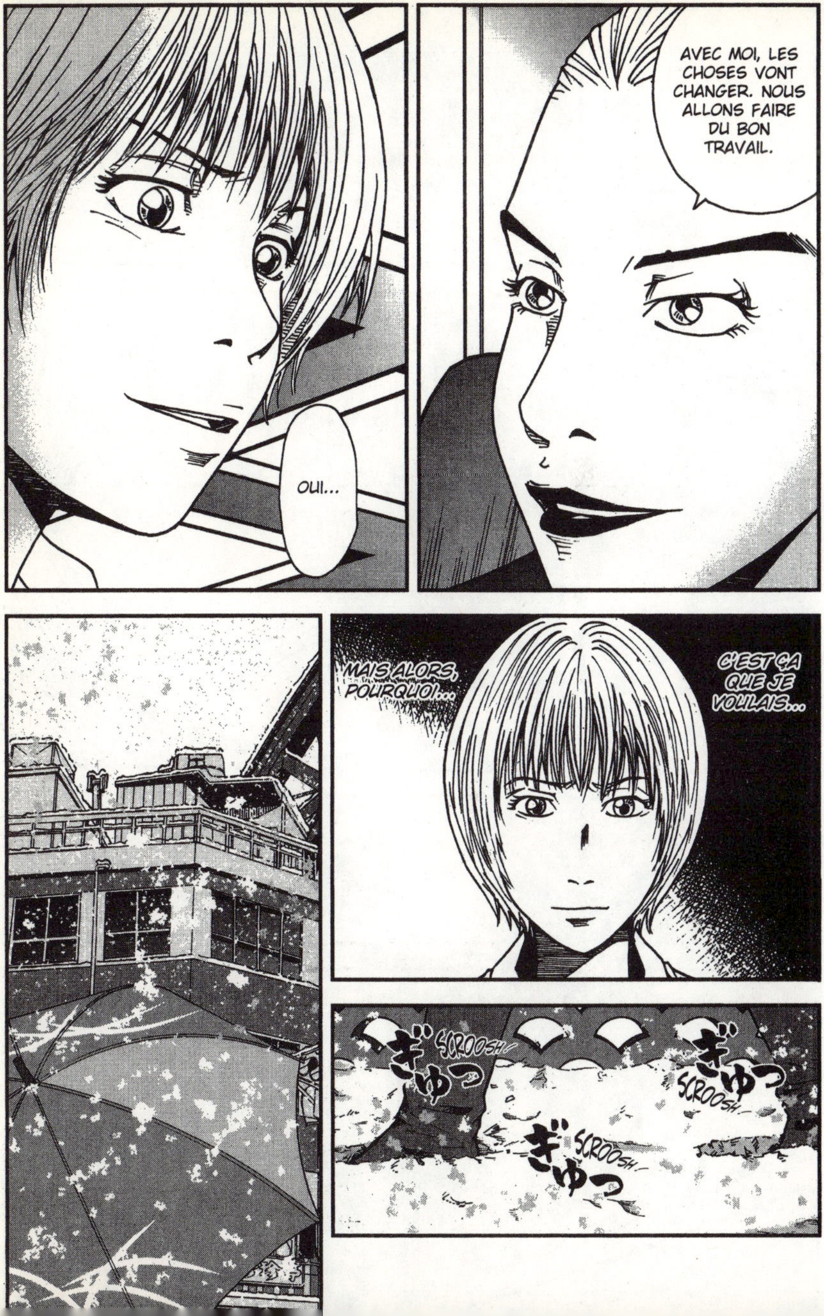
AVEC MOI, LES CHOSES VONT CHANGER. NOUS ALLONS FAIRE DU BON TRAVAIL.
OUI...
C'EST ÇA QUE JE VOULAIS...
MAIS ALORS, POURQUOI...
ぎゅっ
SCROOSH
ぎゅっ
SCROOSH
ぎゅっ
SCROOSH

MERCI, M'SIEUR ! VOUS POUVEZ ME LAISSER ICI !
オノデン

SA...
SALUT !

JE SUIS DÉSOLÉE.
À CE SUJET ...
TA DÉCISION ÉTAIT LA BONNE.
TU AVAIS RAI-SON.
CE COUP-CI, C'ÉTAIT LA MEILLEURE CHOSE À FAIRE.
UN SOUS-NIVEAU EN MOINS, ÇA CHANGERA PAS GRAND-CHOSE AU JEU OU AU NOMBRE D'EXEMPLAIRES VENDUS.
MAIS SURTOUT, ON COURAIT LE RISQUE DE LIVRER LA VERSION FINALE EN RETARD.

J'AI PAS LIVRÉ LE MASTER...
バサッ
BLAF !
SI T'AS PAS LIVRÉ LE JEU...
BON.

ÇA VEUT DIRE QUE JE ME SUIS COUVERTE DE RIDICULE POUR RIEN !!
SPLAF !
...
TOI, ALORS...

VIENS, ON RENTRE AU BUREAU !

level.13 Fin.

JE M'EXCUSE.
IL FAUT FAIRE...
... UNE PETITE MODIF'.

level.14 T'es en retard !

NANAMI !!
DÉSOLÉ !
JE TE CONFIE LES MANETTES.
PUISQU'ON BIDOUILLE UN JEU DÉJÀ FINI...
IL FAUT ALLER QUÉMANDER UN DÉLAI CHEZ NOTRE CHER CLIENT.
SOLIDUS W

...
JE VAIS Y ALLER MOI-MÊME.
TRÈS BIEN.
JE T'ACCOMPAGNE.

SI TU Y VAS SEUL, JE SUIS SÛRE QUE ÇA VA DÉGÉNÉRER !
QUE...
PAS LA PEINE ! J'PEUX Y ALLER TOUT SEUL !
SI ÇA DÉRAPE, C'EST ENCORE MOI QUI DEVRAI RÉPARER LES DÉGÂTS !

SOLI
DITES DONC, SHINAKO...
ET SI ON ALLAIT FAIRE UN BONHOMME DE NEIGE ?
OH... LE TRAIN DE LA LIGNE YAMANOTE AVANCE AU RALENTI !

FINALEMENT, IL N'EST PAS VENU...
IL EST TROP TÔT POUR DIRE ÇA.
LES GRANDES BATAILLES ONT TOUJOURS LIEU UN JOUR DE NEIGE.

ぎゅっ SHROOP !
ぎゅっ SHROOP !
ぎゅっ SHROOP !
ぎゅっ SHROOP !
べた BRAASH !
べた BRAASH !
TU TE GROUILLES UN PEU ?!
C'EST TOI QUI MARCHES TROP VITE !!
BOUDIOU ...
DEUX P'TITS FLOCONS DE NEIGE ET C'EST LA PANIQUE !
OUPS !
519

N'OUBLIE PAS QUE C'EST NOUS QUI SOMMES EN FAUTE.
SOLIDUS
T'AS BIEN COMPRIS ?
NOUS SOMMES VENUS POUR NOUS EXCUSER.
JE NE VEUX SURTOUT PAS ENTENDRE PARLER DE CETTE HISTOIRE DE DROITS DÉPOSÉS.

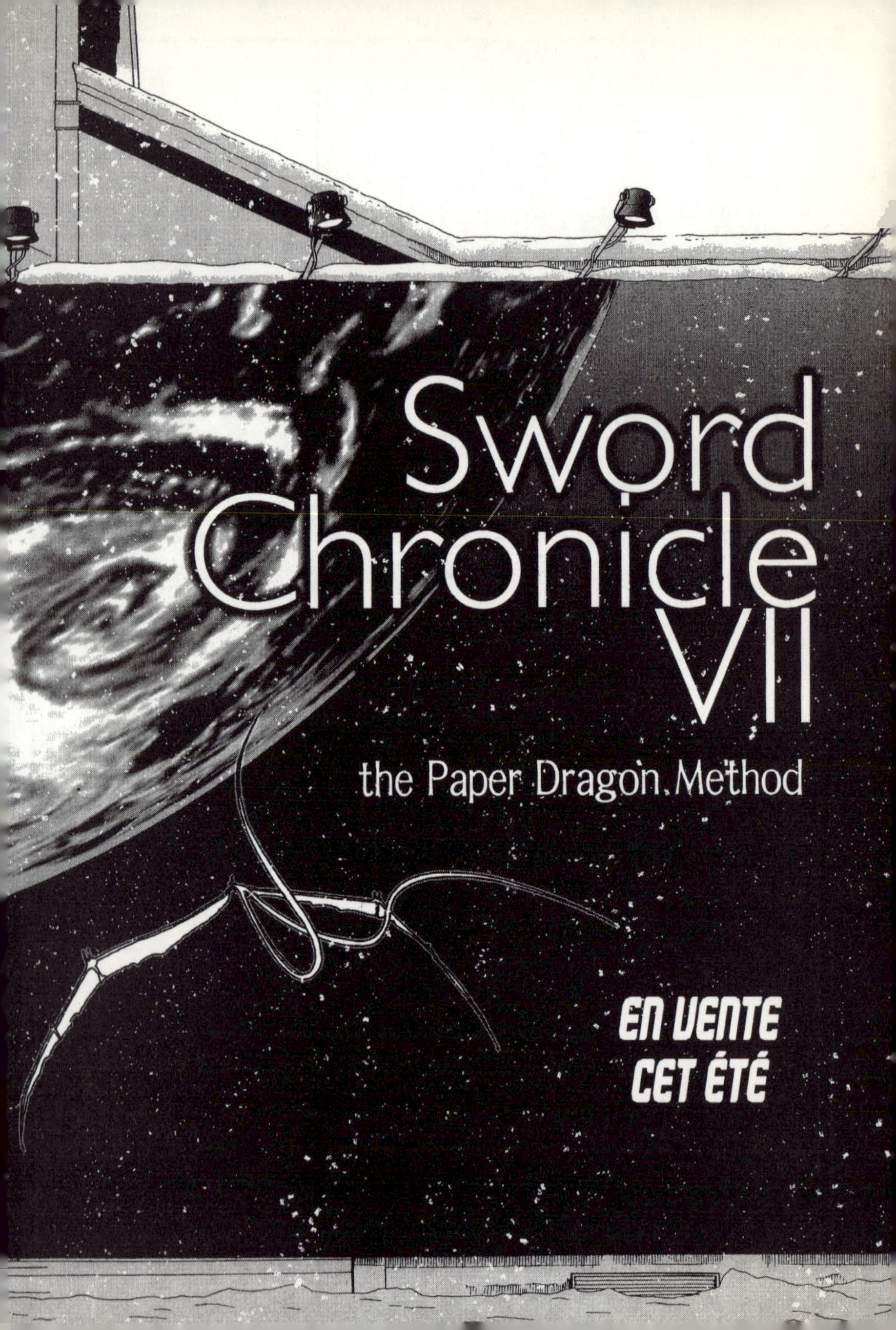
Sword
Chronicle
VII
the Paper Dragon Method
EN VENTE
CET ÉTÉ

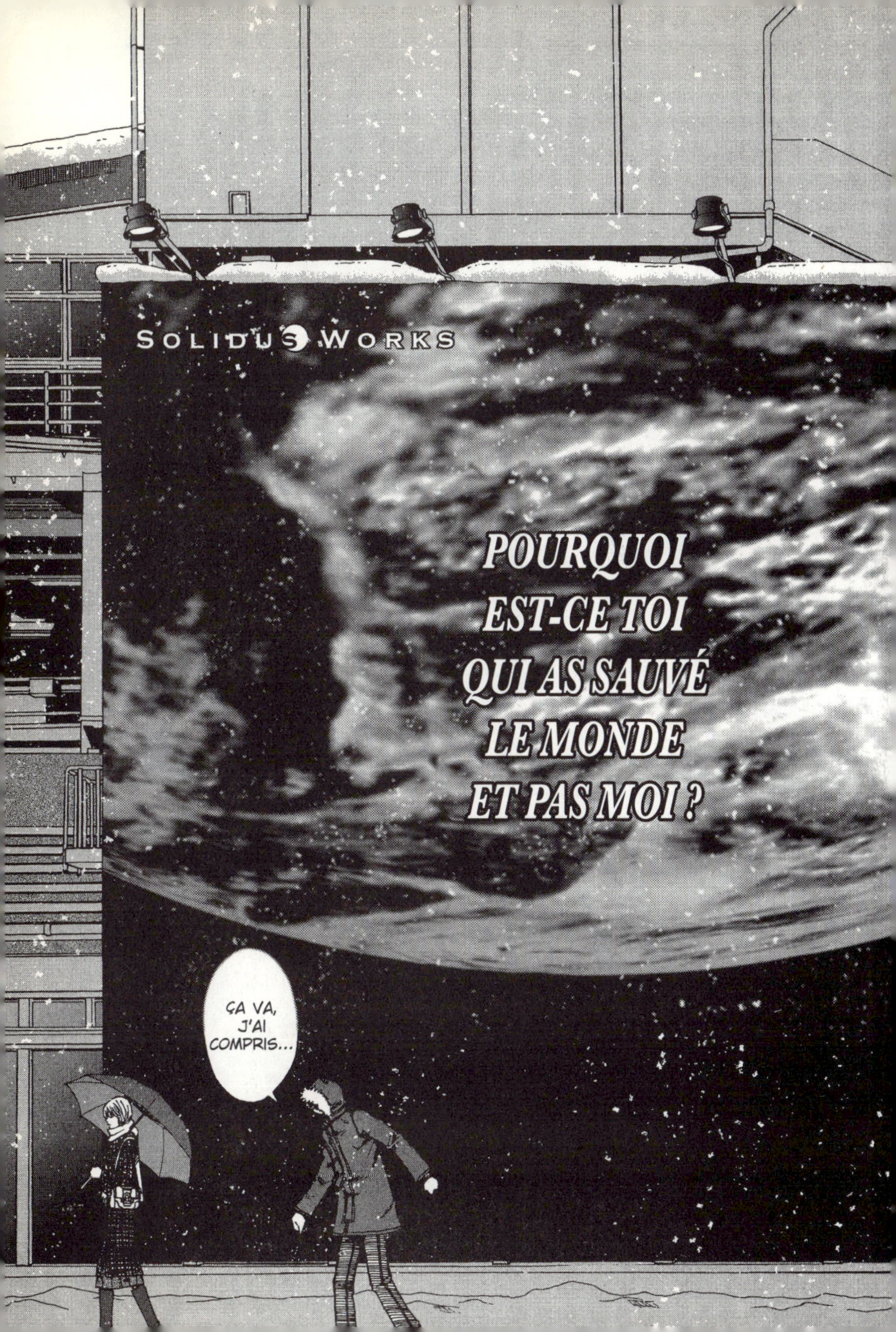
SOLIDUS WORKS
POURQUOI EST-CE TOI QUI AS SAUVÉ LE MONDE ET PAS MOI ?
ÇA VA, J'AI COMPRIS...

SOLIDUS WOR
...
COMMENT ON ENTRE LÀ-DEDANS ?
HEIN ?!

SALOPERIE D'IMMEUBLE GÉANT... ÇA M'ÉTONNE PAS D'EUX.
ARRÊTE TES PITRERIES ! TU TRAVAILLAIS CHEZ SOLIDUS, AVANT !
OUI, MAIS À L'ÉPOQUE, LES LOCAUX ÉTAIENT ENCORE À SHINAGAWA.
AUTREFOIS, C'ÉTAIT LE MARCHÉ AUX FRUITS, ICI.
MAIS APRÈS SA FERMETURE, C'ÉTAIT DEVENU UN HAUT LIEU DE LA VENTE À LA SAUVETTE DE LÉGUMES.
ILS ONT FINI PAR RASER LES BÂTIMENTS. C'EST DEVENU UN GRAND TERRAIN BIEN PROPRET ET TRÈS PRISÉ PAR LES SKATEURS ET LES BASKETTEURS.
FINALEMENT, ILS Y ONT CONSTRUIT CE BUILDING.
ET JUSTE EN FACE DE CHEZ NOUS, ÉVIDEMMENT !

C'EST RARE QUE TU SOIS AUSSI BAVARD.
QUI, MOI ?!
BEN QUOI ?
TU NE SERAIS PAS UN PEU TENDU, PAR HASARD ?
PFF, MÊME PAS VRAI !

BLOM !
!!
AH !
SHPLAF !
!?
PARDON, PARDON ! EST-CE QUE ÇA VA ?
OUAIS, MAIS QU'EST-CE QUE...

JE NE PENSAIS PAS QUE J'ARRIVERAIS VRAIMENT À TE FAIRE TOMBER...

T'ES EN RETARD.
AH !
JE NE ME SUIS PAS PRÉSENTÉE. JE TRAVAILLE CHEZ G3...
JE M'APPELLE TSUKIYAMA.
DÉLÉGUÉE PRINCIPALE
TSUKIYAMA HOSHINO

HEM...
... ?
EN CE QUI CONCERNE LE DÉLAI DE LIVRAISON DU MASTER...
DÉPÊCHE-TOI DE TE RELEVER, TAIYÔ.

ON VA SE FAIRE UNE PETITE PARTIE !
level.14 Fin.

BAAASH !
JE VOUS EN PRIE.

level. 15 La méthode Solidus

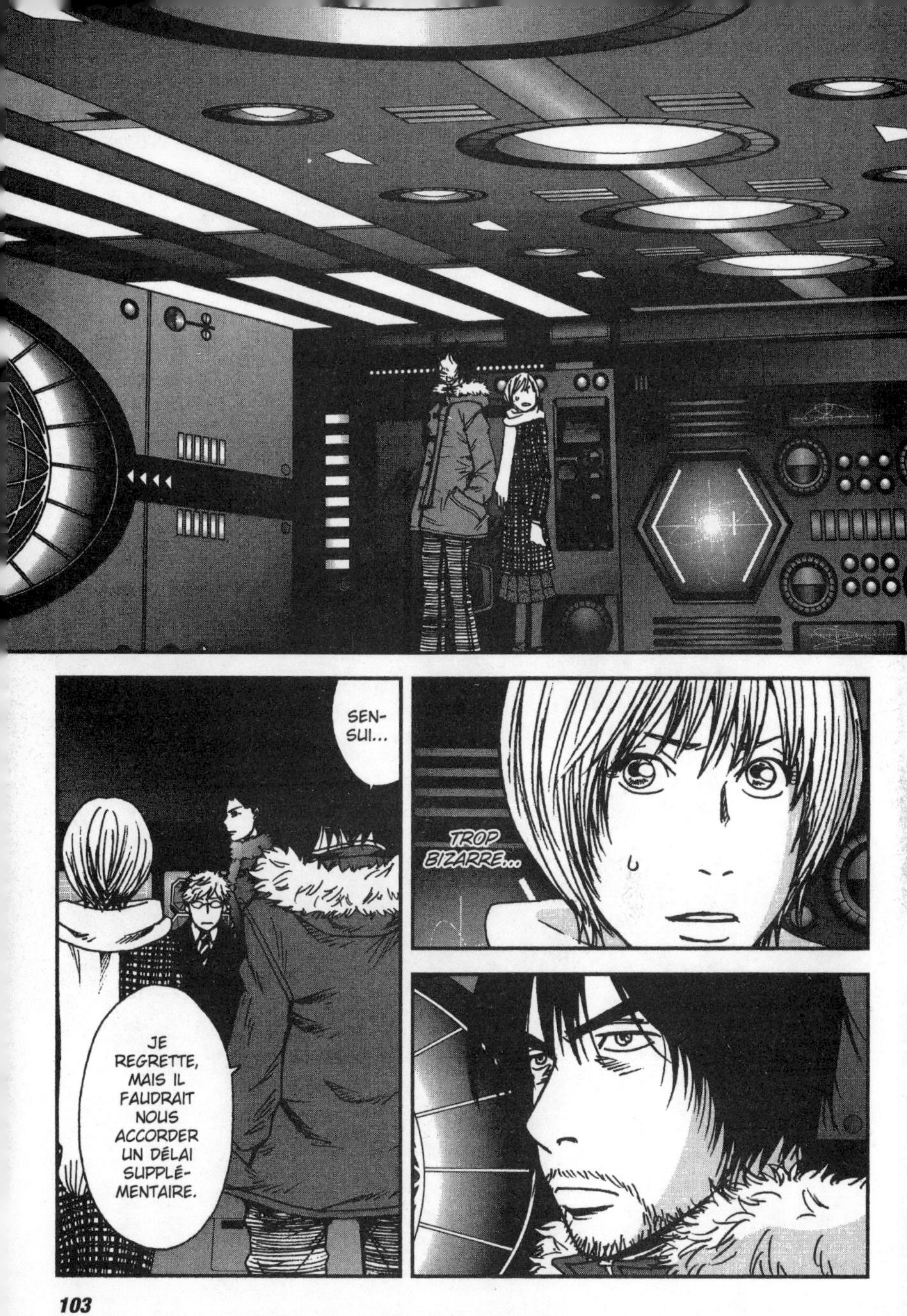
TROP BIZARRE...
SEN-SUI...
JE REGRETTE, MAIS IL FAUDRAIT NOUS ACCORDER UN DÉLAI SUPPLÉMENTAIRE.

ON A TROUVÉ UN ÉNORME BUG DANS LE SOUS-NIVEAU SUSHI.
ON AVAIT SUPPRIMÉ CETTE QUÊTE SECONDAIRE, MAIS J'AIMERAIS LA LAISSER DANS LE JEU.
S'IL TE PLAÎT…

TU PORTES LA BARBE ?
C'EST PAS MAL. JE ME DEMANDE SI JE NE VAIS PAS ME LA LAISSER POUSSER.
À MON AVIS, ÇA NE VOUS IRAIT PAS DU TOUT.
コポコポ
GLOU GLOU
VOUS CROYEZ ?

HEM...
NOUS SOMMES NAVRÉS DE VOUS CAUSER ENCORE PLUS DE PROBLÈMES.
JE VOUS PRIE DE BIEN VOULOIR COMPRENDRE NOTRE POSITION...
DIS, TAIYÔ...
LE MODE VERSUS DE SAMURAI KITCHEN, ÇA TE CONVIENT ?

IL N'A RIEN
ÉCOUTÉ, LE
BOUGRE...
samura

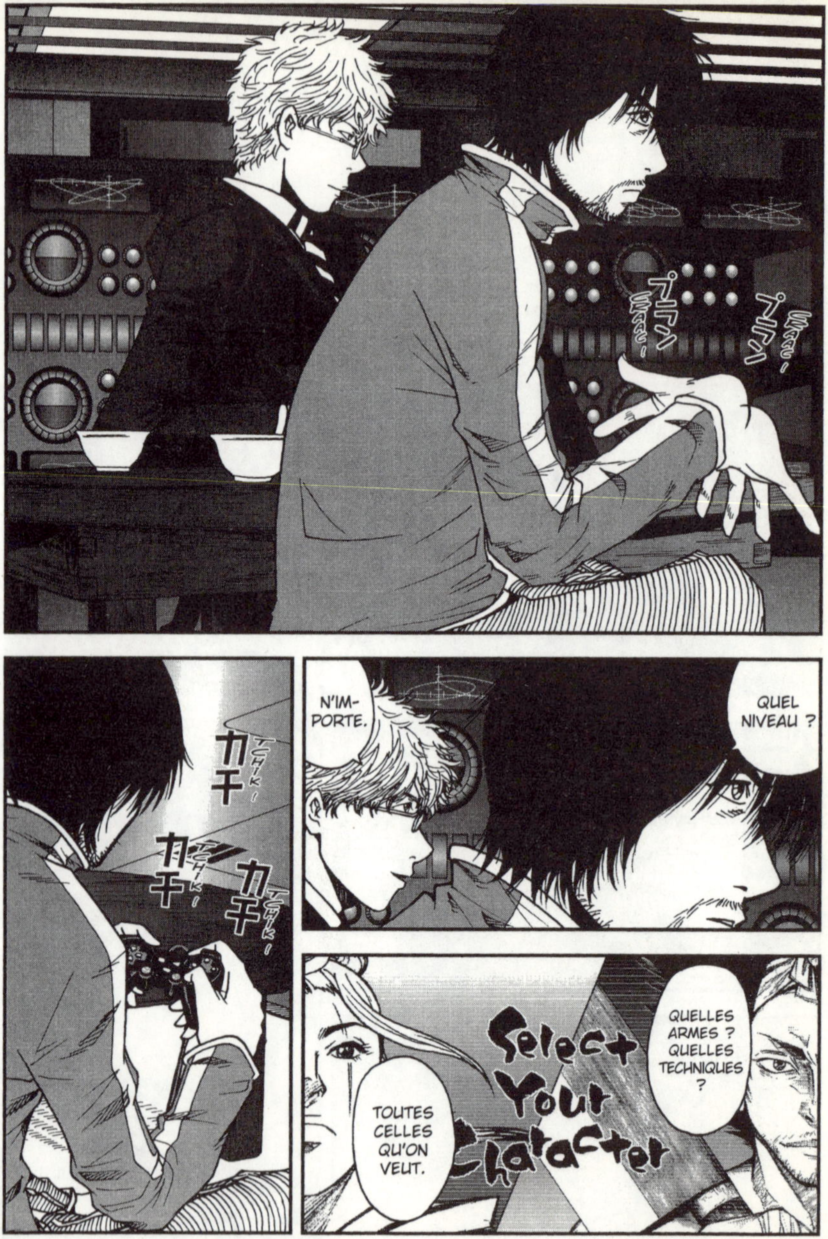
プラーン
プラーン
TCHIK!
カチ
TCHIK!
カチ
TCHIK!
カチ
QUEL NIVEAU ?
N'IMPORTE.
QUELLES ARMES ? QUELLES TECHNIQUES ?
Select Your Character
TOUTES CELLES QU'ON VEUT.

JE PENSE QUE ÇA VA DURER UN CERTAIN TEMPS.
JE VOUS CONSEILLE DE RENTRER SANS ATTENDRE VOTRE COLLÈGUE.
...
NON...
J'AI L'HABITUDE QU'ON ME FASSE ATTENDRE.

...
Cooking!!

TIC !
TIC !
TCHAK !
TIC !
TIC !
TCHAK !
TIC !
TIC !
TCHAK !
TIC !
62
DOM
DOM
URAAAAH !
IL SE DÉFEND BIEN !

MORT SUBITE ! ♪
...
IL MAÎTRISE LES COUPS SUR LE BOUT DES DOIGTS.
YOUPI !
J'AI BATTU LE CRÉATEUR DU JEU ! ♡
...

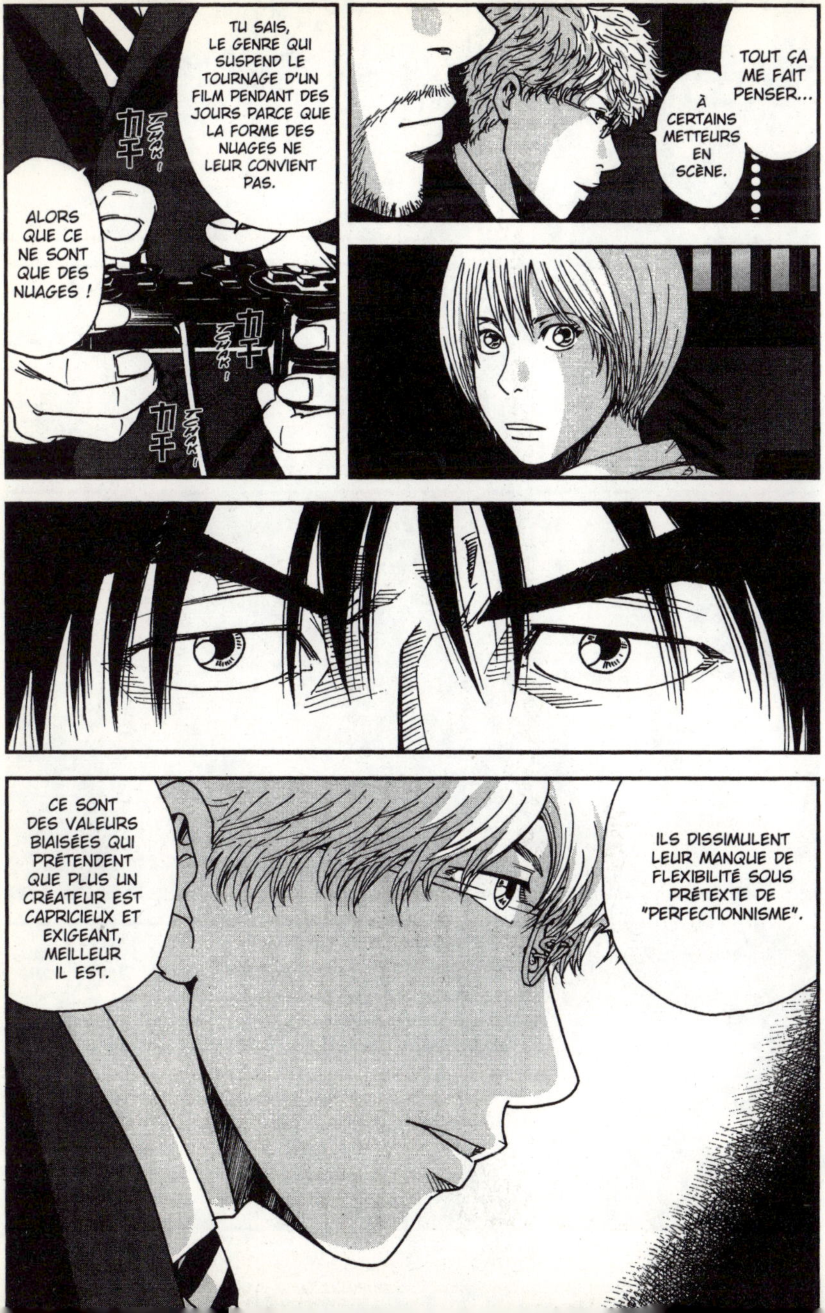

TOUT ÇA ME FAIT PENSER...
À CERTAINS METTEURS EN SCÈNE.
TU SAIS, LE GENRE QUI SUSPEND LE TOURNAGE D'UN FILM PENDANT DES JOURS PARCE QUE LA FORME DES NUAGES NE LEUR CONVIENT PAS.
カチ
ALORS QUE CE NE SONT QUE DES NUAGES !
カチ
カチ
ILS DISSIMULENT LEUR MANQUE DE FLEXIBILITÉ SOUS PRÉTEXTE DE "PERFECTIONNISME".
CE SONT DES VALEURS BIAISÉES QUI PRÉTENDENT QUE PLUS UN CRÉATEUR EST CAPRICIEUX ET EXIGEANT, MEILLEUR IL EST.

* "Quality Assurance", équipe chargée de tester les jeux

CHINK!!
SI TU TE METS À MODIFIER LE JEU, TU NE T'ARRÊTERAS JAMAIS.
TU TROUVERAS TOUJOURS UN DÉTAIL À AMÉLIORER. ÇA N'AURA PAS DE FIN.
TU N'ES PAS UN ARTISTE QUI VIT DE LA CHARITÉ D'UN QUELCONQUE MÉCÈNE.
NE ME DIS PAS...
QUE TU TE PRENDS TOUJOURS POUR UN "JEUNE CRÉATEUR DE GÉNIE" ?!

J'AI ENCORE GAGNÉ ! ♪

EFFECTIVEMENT, CE QU'IL DIT...
...N'EST PAS ENTIÈREMENT FAUX.
LE SOUS-NIVEAU SUSHI ME PLAÎT BIEN, À MOI AUSSI.
POURTANT...
DONNE-NOUS LE CODE SOURCE.
NOUS L'INCLURONS DANS LA SUITE DU JEU.

1P WIN!!
... !!
AU COMBAT SUIVANT...
SI C'EST TAIYÔ QUI GAGNE, VOUS NOUS ACCORDEZ LE DÉLAI.
S'IL PERD, IL VOUS REMET LE CODE SOURCE.

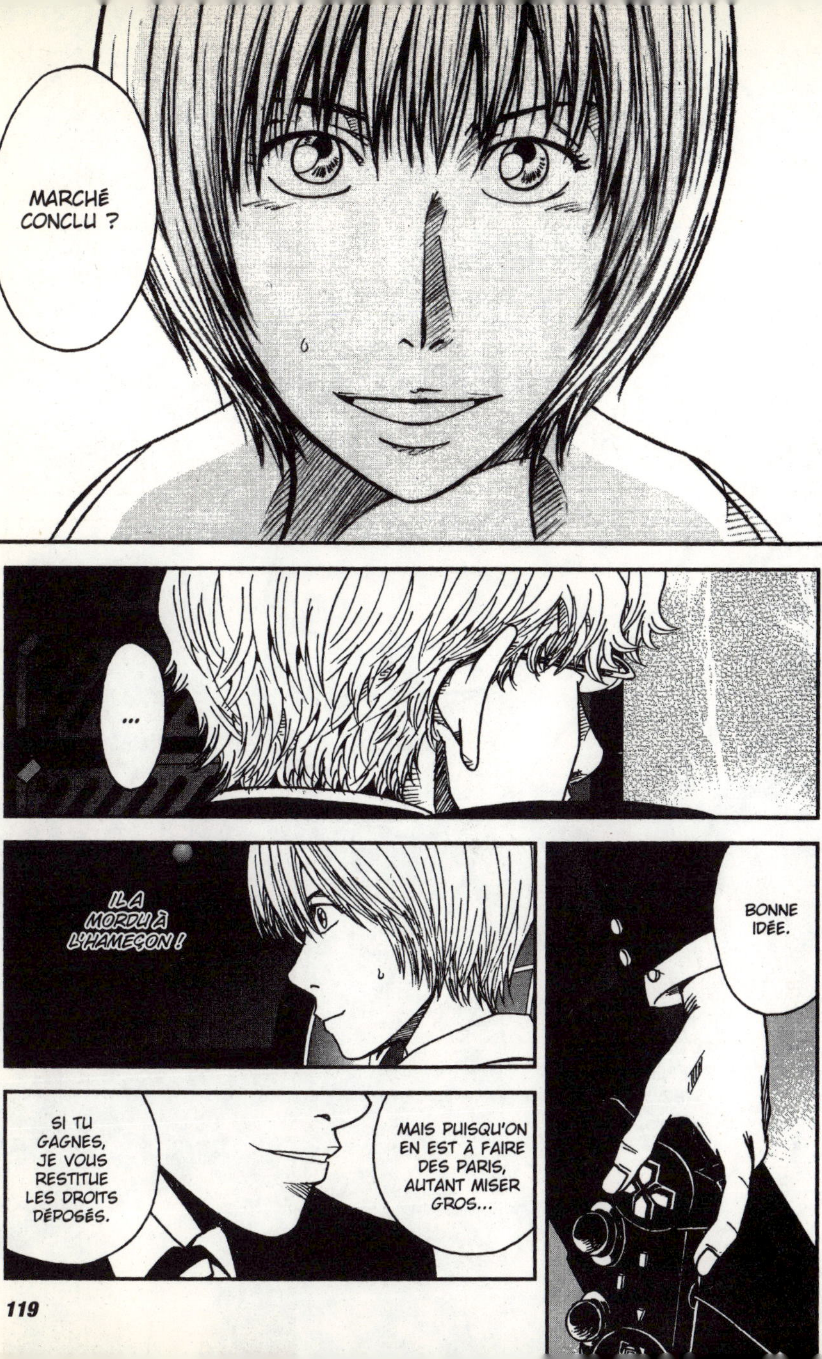
MARCHÉ CONCLU ?
...
IL A MORDU À L'HAMEÇON !
BONNE IDÉE.
MAIS PUISQU'ON EN EST À FAIRE DES PARIS, AUTANT MISER GROS...
SI TU GAGNES, JE VOUS RESTITUE LES DROITS DÉPOSÉS.

ET SI C'EST MOI QUI GAGNE, TAIYÔ...
TU DEVRAS REVENIR CHEZ SOLIDUS.
level.15 Fin.

"REVENIR CHEZ SOLIDUS" ?
J'AI BIEN ENTENDU ?
TOI ET LES DROITS DU JEU...
J'AVOUE QU'IL Y A UN SACRÉ DÉSÉQUILIBRE ENTRE LES MISES.
TRÈS BIEN...

J'ACCEPTE
LE DÉFI.
level.16 Un espace très sérieux

EUH...
UNE PETITE MINUTE !
QUOI ? VIENS PAS METTRE TON GRAIN DE SEL !
CALME-TOI !!
NOUS SOMMES VENUS POUR DISCUTER D'UN DÉLAI.
MAIS LE SUJET DE CONVERSATION A LÉGÈREMENT DÉVIÉ, JE CROIS !
...
SI TU PERDS, TU DEVRAS RETOURNER CHEZ SOLIDUS. C'EST N'IMPORTE QUOI !
TU ES LE PATRON DE G3 !!

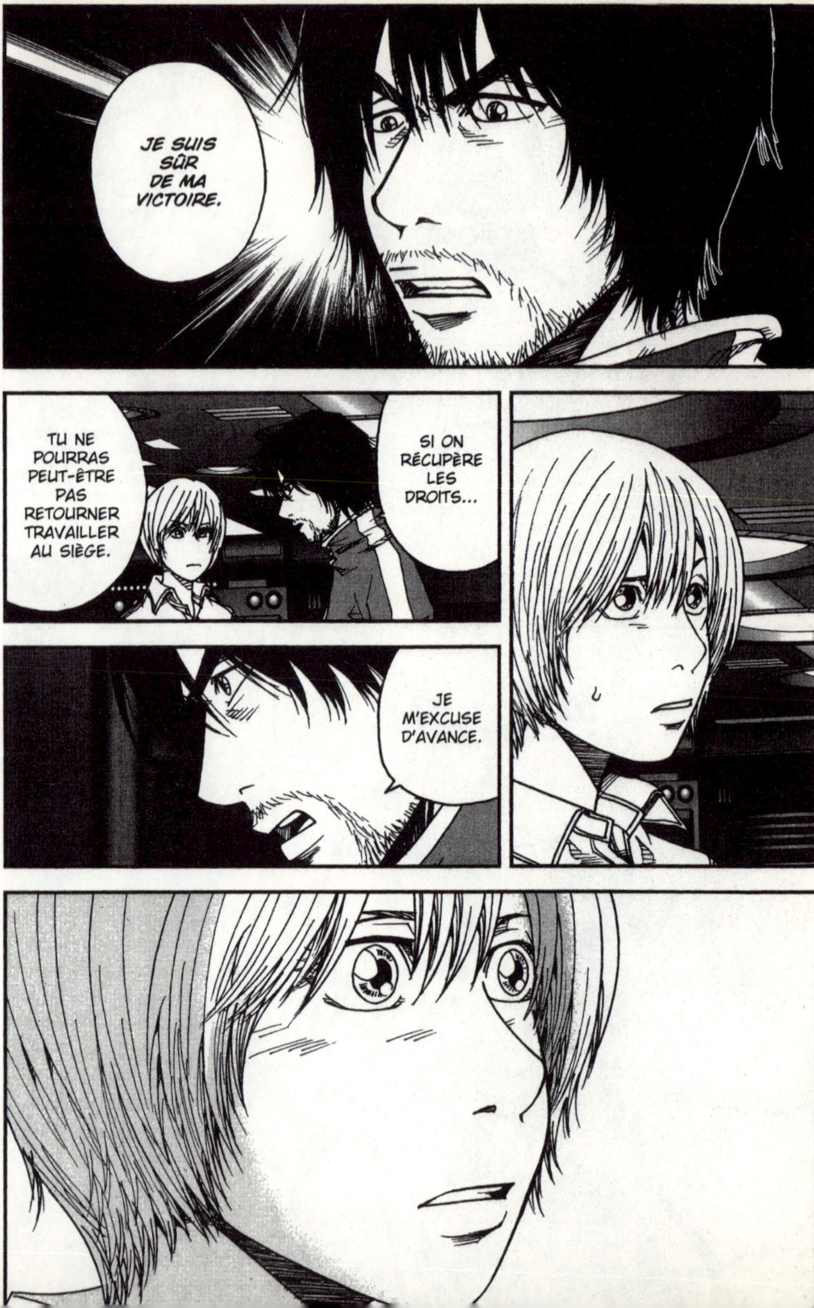
JE SUIS SÛR DE MA VICTOIRE.
SI ON RÉCUPÈRE LES DROITS...
TU NE POURRAS PEUT-ÊTRE PAS RETOURNER TRAVAILLER AU SIÈGE.
JE M'EXCUSE D'AVANCE.

ALORS EN ÉCHANGE...
JE VEUX QUE TU TE BATTES AVEC AUTANT DE VIGUEUR QUE LES FOIS OÙ ON S'ENGUEULE !
ARRÊTE DE FAIRE COMME SI TU ÉTAIS SUR LE GREEN AVEC DES CLIENTS.
LUI, IL NE FAUT PAS LE LAISSER GAGNER. METS-Y LE PAQUET !
BEN, C'EST CE QUE JE FAIS DEPUIS TOUT À L'HEURE...

BIEN, LAISSEZ-MOI VOUS EXPOSER LES RÈGLES.
パチパチ
LE COMBAT AURA LIEU DANS LE NIVEAU "TATAMI".
TATAMI RING
SUR LA TABLE BASSE DU MILIEU, IL Y A UNE BOUTEILLE DE SAKÉ QUI REDONNE DE LA VIE.
VOTRE ÉNERGIE EST RÉGLÉE AU MAXIMUM : 1000 POINTS.
IL N'Y A PAS DE LIMITE DE TEMPS. SEUL UN K.O. PEUT METTRE FIN AU COMBAT.
SIGNEZ VOS RECONNAISSANCES DE DETTES RESPECTIVES.
ET QUE LA PARTIE COMMENCE.

Cooking
SHU...
NOS PERSOS SONT DE MÊME PUISSANCE MAIS LE SIEN A BEAUCOUP PLUS D'ATTAQUES. IL EST CAPABLE D'ENCHAÎNER LES COUPS AVEC UNE PRÉCISION DIABOLIQUE. JE FERAIS MIEUX DE RESTER EN GARDE ET DE PARER SES COUPS...
IL A PARÉ MA CONTRE-ATTAQUE ?!
AH !
DUSH...

À LA TIENNE ! ♪
EH, LÀ... JE ME SOUVIENS PAS AVOIR RÉGLÉ LE TIMING POUR QUE L'ADVERSAIRE PUISSE GAGNER AUSSI FACILEMENT...
J'AI RÉCUPÉRÉ TOUTE MON ÉNERGIE. MAINTENANT, JE PEUX ME PERMETTRE D'ESSAYER DES COMBOS DÉLICATS, MÊME SI JE DOIS Y LAISSER QUELQUES PLUMES.
TCHAK ! TCHAK ! TCHAK !
...
TCHAK TCHAK !

MERDE !!
GAP !
BON, ALORS ?
TU CONTINUES À PARER OU TU TE DÉCIDES À M'ATTAQUER ?
TCHAK-TCHAK !
ÇA CRAINT...
ON DIRAIT QUE JE VAIS AVOIR DU MAL À GAGNER...

TAIYÔ...
COMBIEN DE JEUX ORIGINAUX AS-TU CRÉÉS DEPUIS QUE TU AS MONTÉ TON STUDIO ?
UN SEUL, IL ME SEMBLE, NON ?
ON JOUE OU ON TAILLE UNE BAVETTE ? TAIS-TOI UN PEU !
BOSH
BOSH
TCHAK !
SI JE COMPRENDS BIEN...
TU AS QUITTÉ SOLIDUS POUR GAGNER TA LIBERTÉ, MAIS TU N'ES PAS AUSSI LIBRE QUE ÇA.

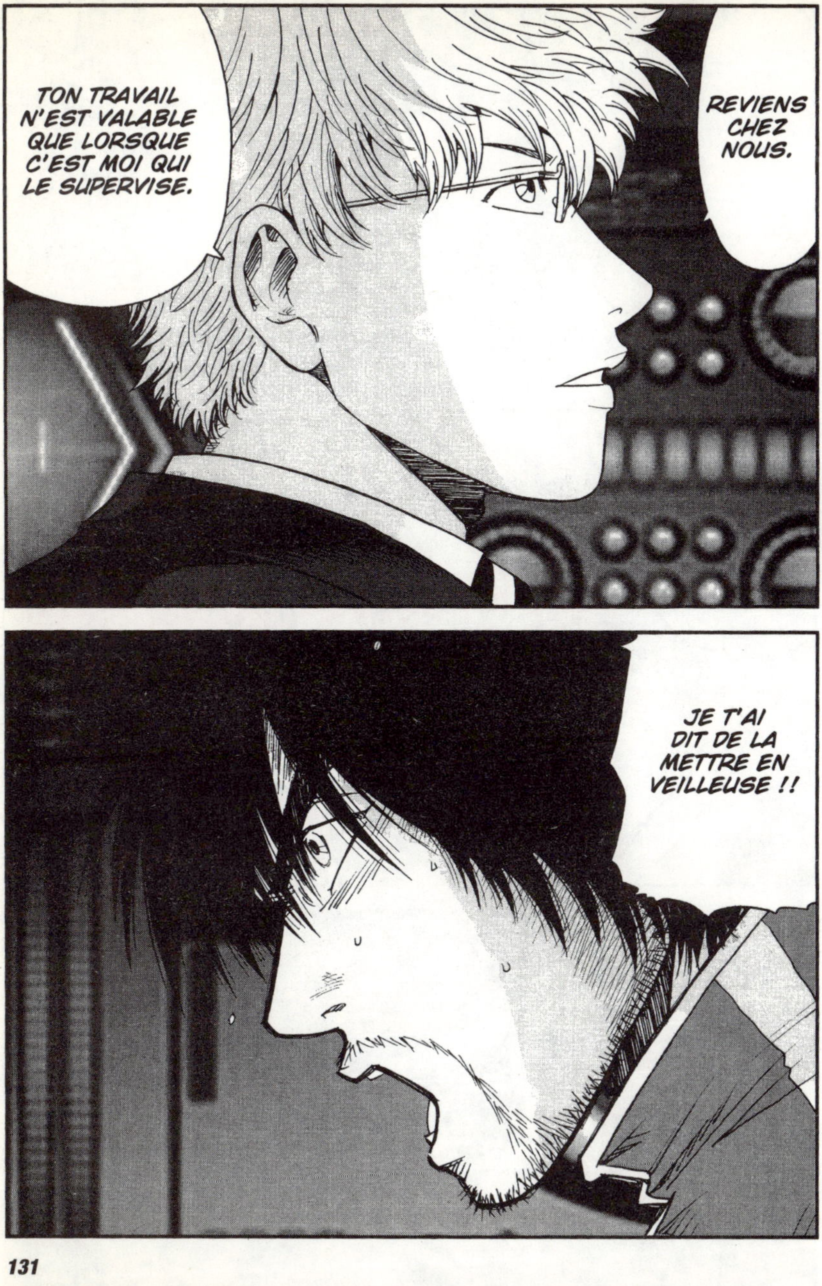
REVIENS CHEZ NOUS.
TON TRAVAIL N'EST VALABLE QUE LORSQUE C'EST MOI QUI LE SUPERVISE.
JE T'AI DIT DE LA METTRE EN VEILLEUSE !!

GROHHH!!!...
JE N'AI RIEN CONTRE LE STOÏCISME, MAIS BON...
... !!

BLIP !
PAUSE
EXCUSEZ-MOI.
ON PEUT AVOIR UN PETIT TEMPS MORT ?
GGGHHH

"JE SUIS SÛR DE MA VICTOIRE" ?
...
À PARTIR DE MAINTENANT, C'EST DU SÉRIEUX.
ARRÊTE TON PIPEAU !!
...
LE Q.G. DES ENNEMIS DE MOBILER RESSEMBLE PAS MAL À CETTE PIÈCE.
HEIN ?
ET POUR AVOIR UN BUREAU COMME ÇA, C'EST CLAIR ET NET QUE CE TYPE EST UN SUPER-VILAIN FAÇON GRAND STRATÉGUERRE.

BATS-LE...
ET RESTE CHEZ G3.
JE TE PROMETS...
QUE JE SUPERVISERAI TON TRAVAIL COMME PERSONNE NE L'A JAMAIS FAIT.

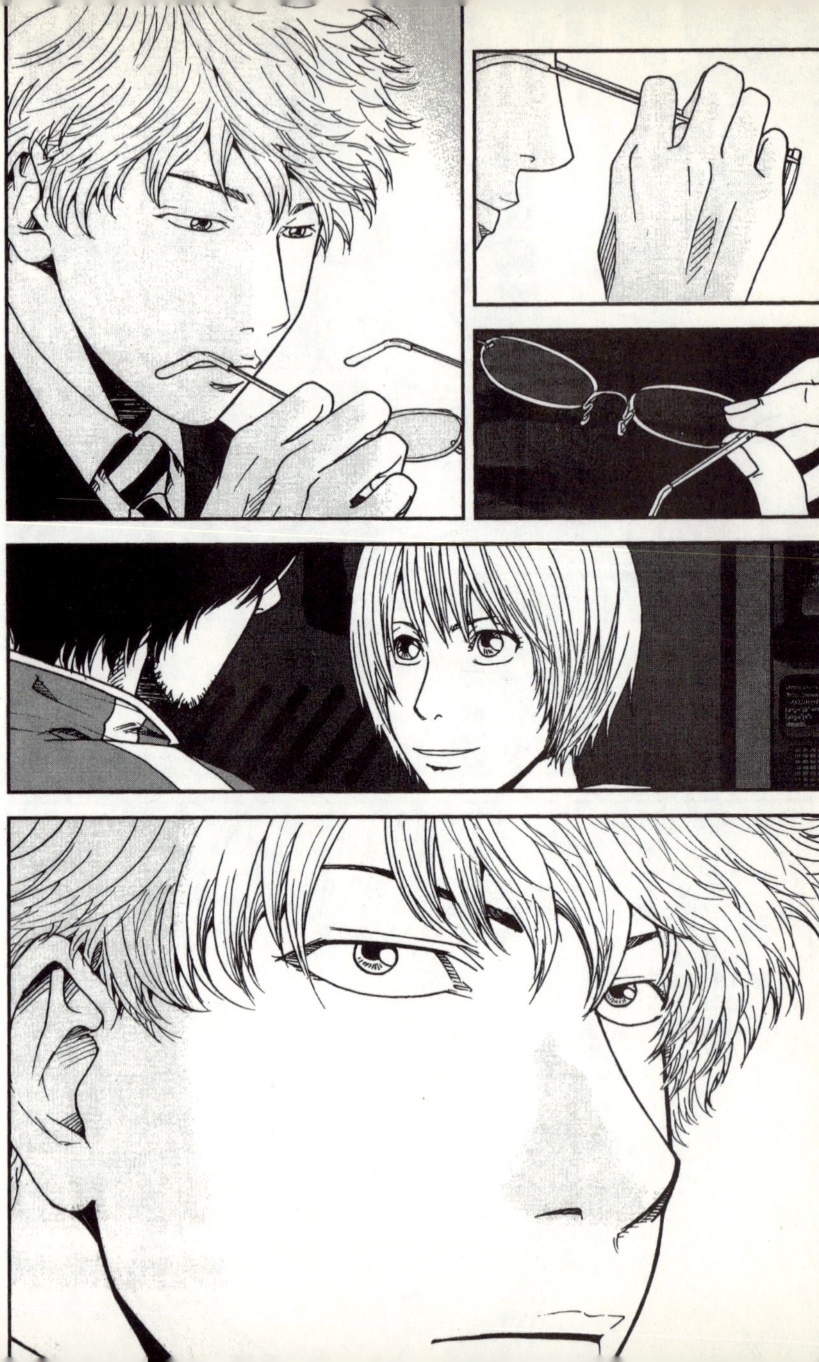

C'EST SANS ESPOIR...
?
IL TENTE QUELQUE CHOSE.
JE NE TE LAISSERAI PAS FAIRE.

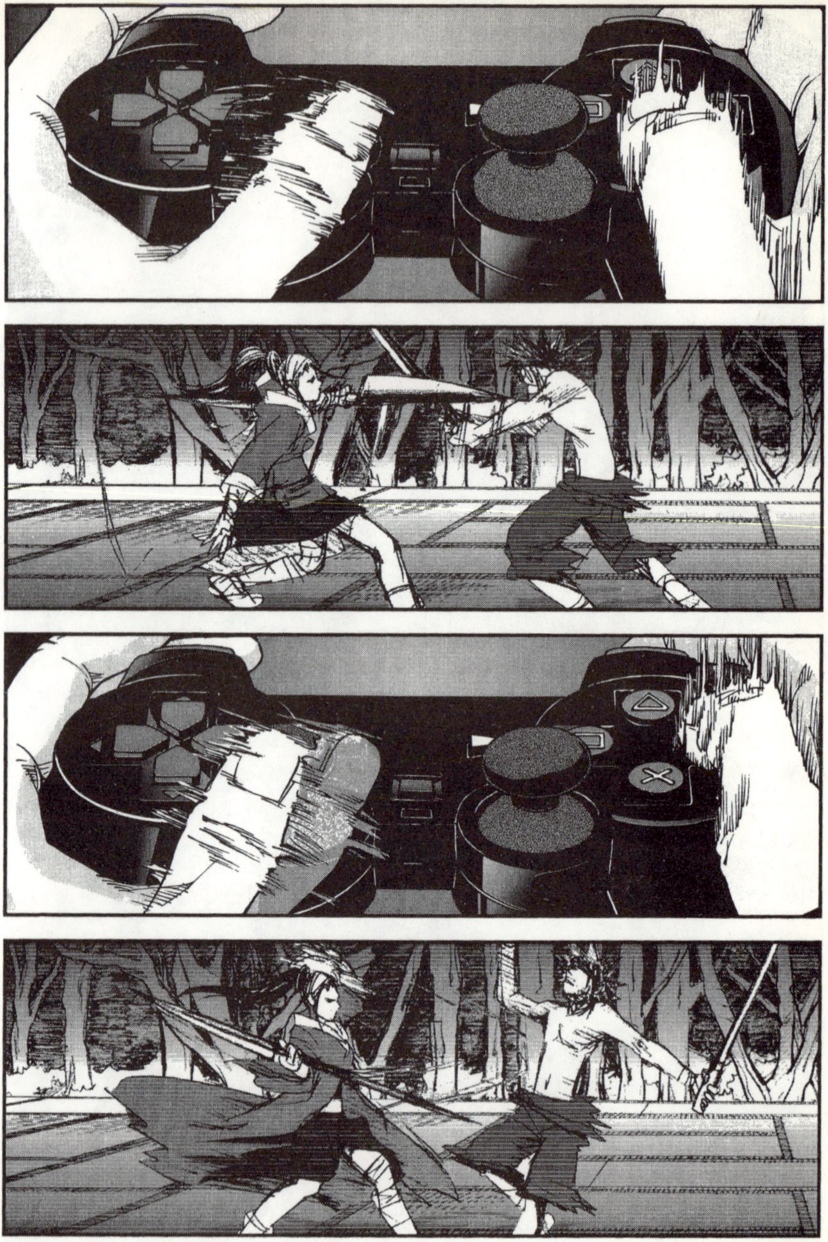

level.16 Fin.

level.17 Appuie, appuie, appuie !!

CLAP !

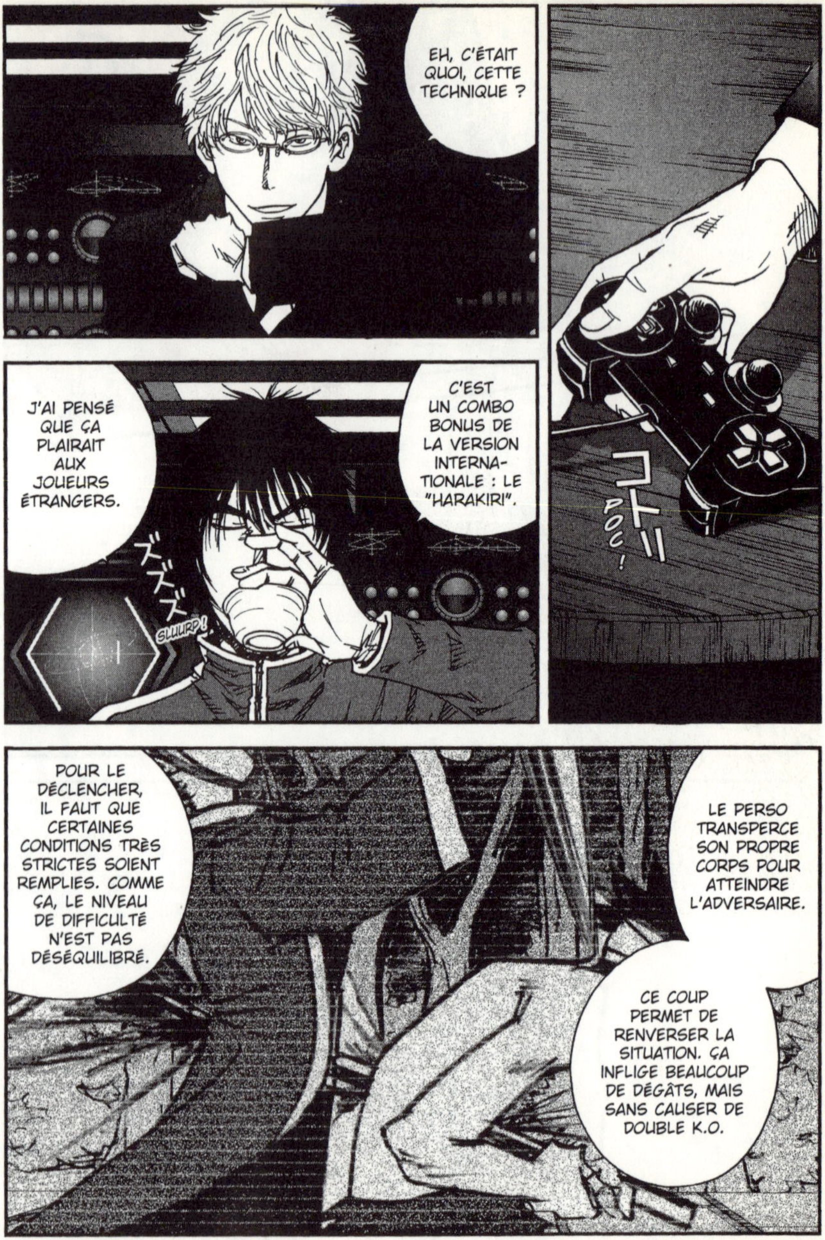
EH, C'ÉTAIT QUOI, CETTE TECHNIQUE ?
コトッ
POC !
C'EST UN COMBO BONUS DE LA VERSION INTERNA-TIONALE : LE "HARAKIRI".
J'AI PENSÉ QUE ÇA PLAIRAIT AUX JOUEURS ÉTRANGERS.
ズズズズ
SLURP !
LE PERSO TRANSPERCE SON PROPRE CORPS POUR ATTEINDRE L'ADVERSAIRE.
POUR LE DÉCLENCHER, IL FAUT QUE CERTAINES CONDITIONS TRÈS STRICTES SOIENT REMPLIES. COMME ÇA, LE NIVEAU DE DIFFICULTÉ N'EST PAS DÉSÉQUILIBRÉ.
CE COUP PERMET DE RENVERSER LA SITUATION. ÇA INFLIGE BEAUCOUP DE DÉGÂTS, MAIS SANS CAUSER DE DOUBLE K.O.

ÇA N'ÉTAIT PAS DANS LE MANUEL DES SPÉCIFICATIONS...
LES SPÉCIFICATIONS, COMME TU DIS, NE SONT PAS TOUJOURS RESPECTÉES À 100 % PENDANT UN DÉVELOPPEMENT.
ÇA ARRIVE TRÈS SOUVENT.
C'EST UN COUP BAS.
C'EST VRAI... TRÈS BAS, MÊME...
...

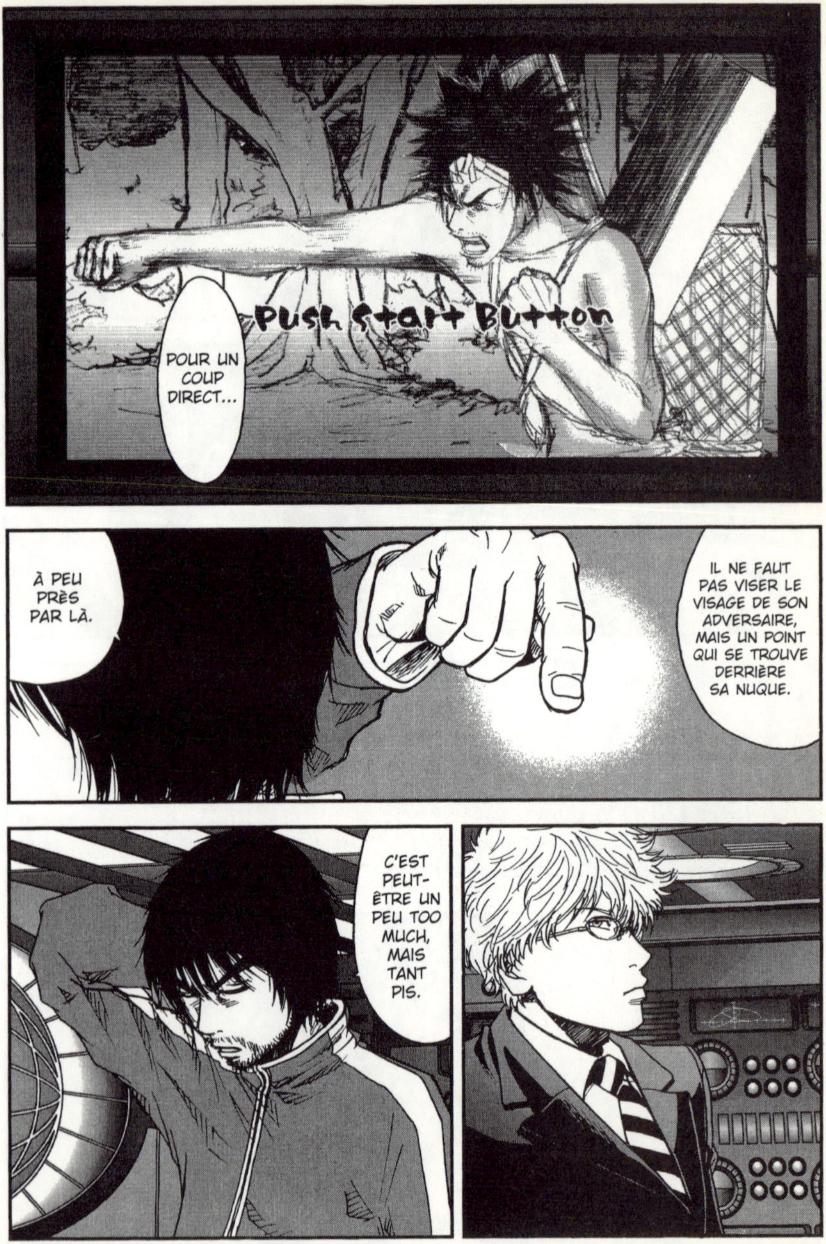
Push Start Button
POUR UN COUP DIRECT...
IL NE FAUT PAS VISER LE VISAGE DE SON ADVERSAIRE, MAIS UN POINT QUI SE TROUVE DERRIÈRE SA NUQUE.
À PEU PRÈS PAR LÀ.
C'EST PEUT-ÊTRE UN PEU TOO MUCH, MAIS TANT PIS.

PUISQUE C'EST TOI LE PLUS HAUT RESPONSABLE...
À TOI DE FOURNIR DES EXPLICATIONS AU QA, À LA PRESSE, AUX DISTRIBUTEURS ET AUX POINTS DE VENTE. ÇA VA FAIRE UN PEU DE BOULOT À TOUT LE MONDE,
MAIS C'EST PAS SI GRAVE, TU CROIS PAS ?
SANS UN MINIMUM D'ÉGOÏSME,
ON NE PEUT PAS ÊTRE CRÉATEUR DE JEUX.

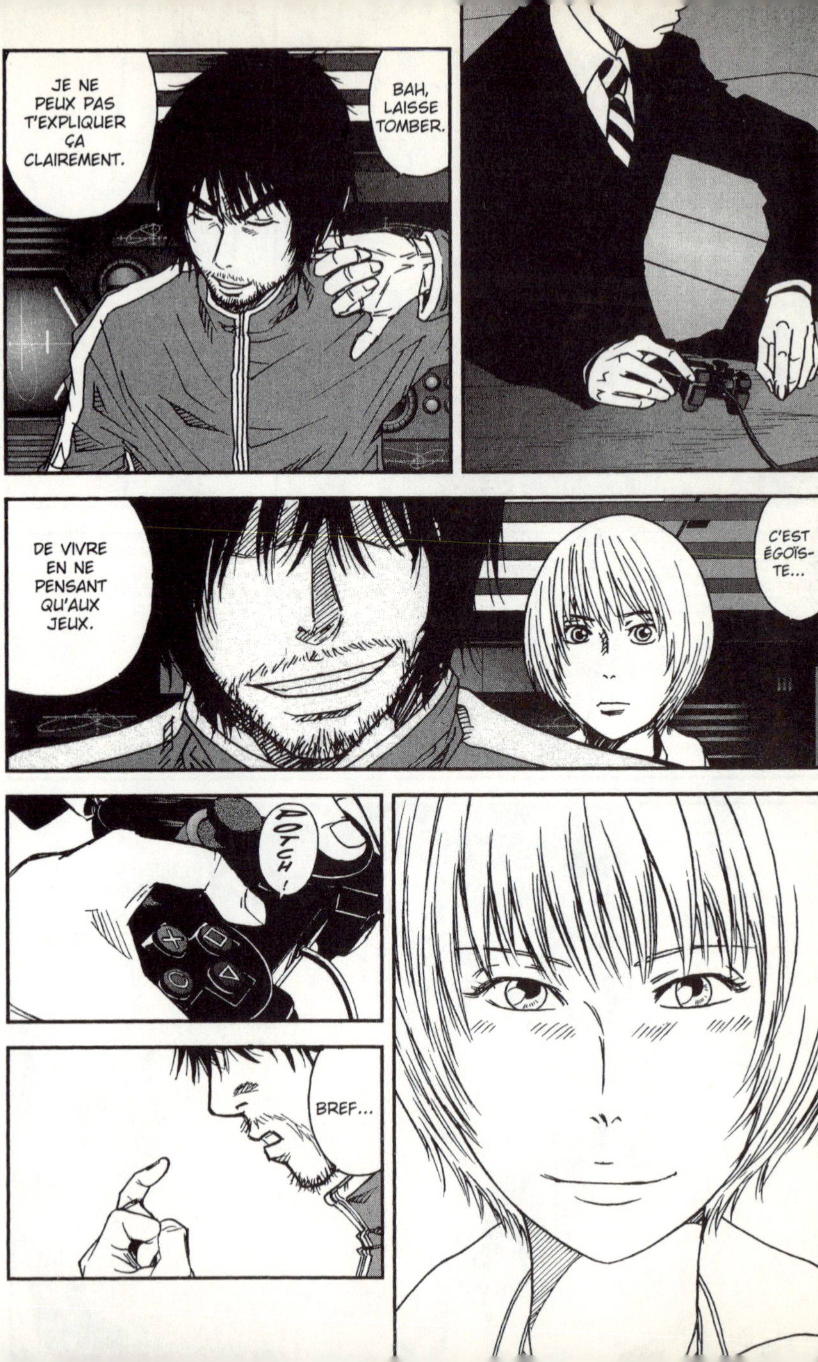
BAH, LAISSE TOMBER.
JE NE PEUX PAS T'EXPLIQUER ÇA CLAIREMENT.
C'EST ÉGOÏSTE...
DE VIVRE EN NE PENSANT QU'AUX JEUX.
POTCH !
BREF...

DONNE-NOUS TROIS JOURS DE PLUS POUR FAIRE NOS MODIFS.
TU PEUX GARDER LES DROITS DÉPOSÉS.
EH, WORKING GIRL...
ÇA TE VA COMME ÇA ?
OUI.

À LA REVOYURE, SENSUI.
ET NE JOUE PAS TROP ! PAS PLUS D'UNE HEURE PAR JOUR, HEIN !
バシュッ
BAASH !

MOUAF !
TIENS...
LA NEIGE S'EST ARRÊTÉE DE TOMBER.
QU'EST-CE QUE TU REGARDES ?
TA BILLE DE CLOWN.

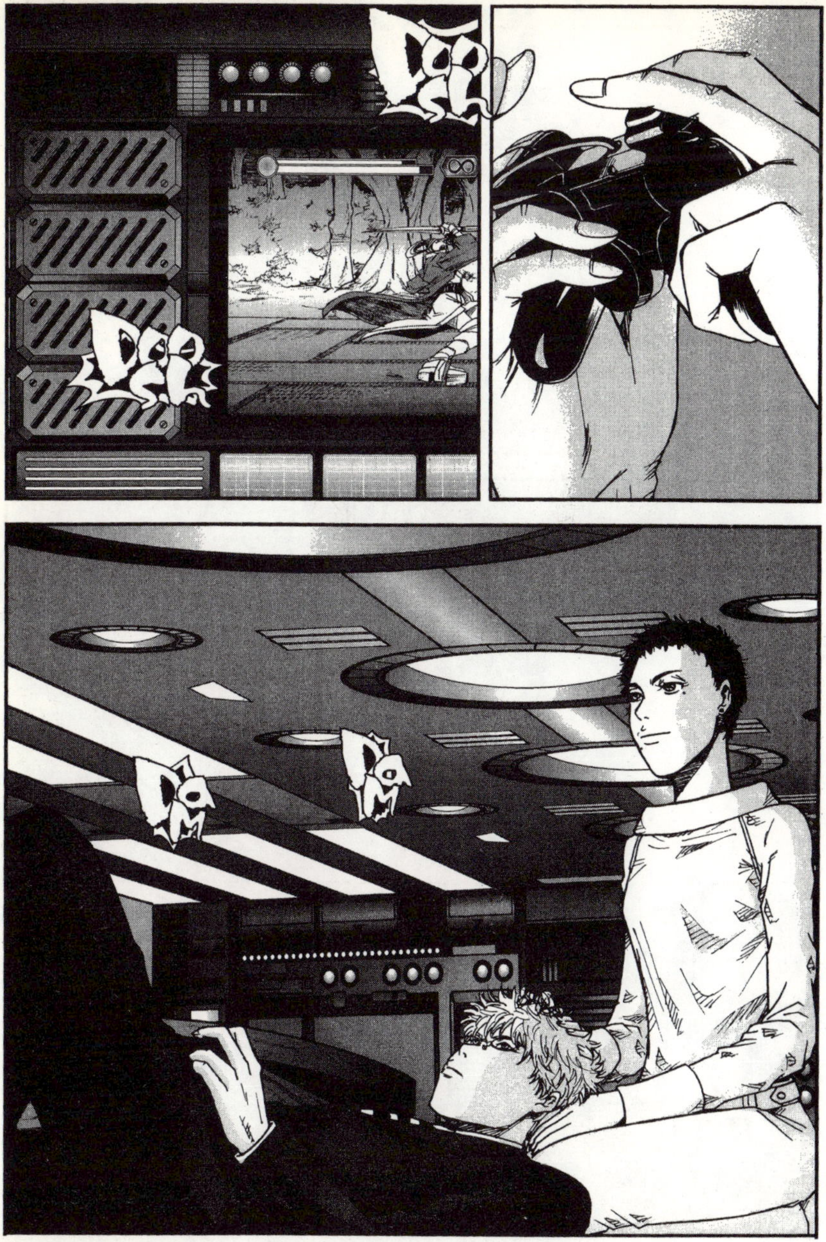
DOO
SH
DOO
SH
DOM
DOM

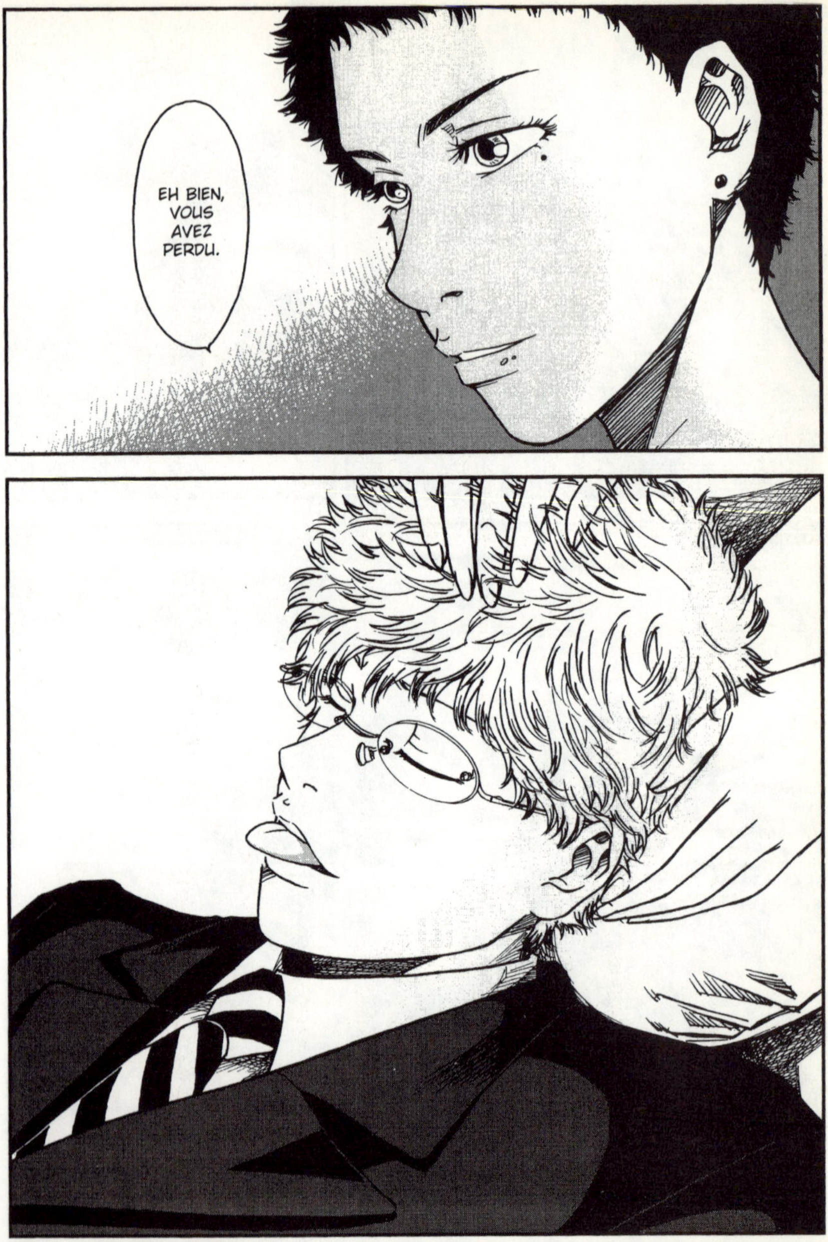

level.17 Fin.

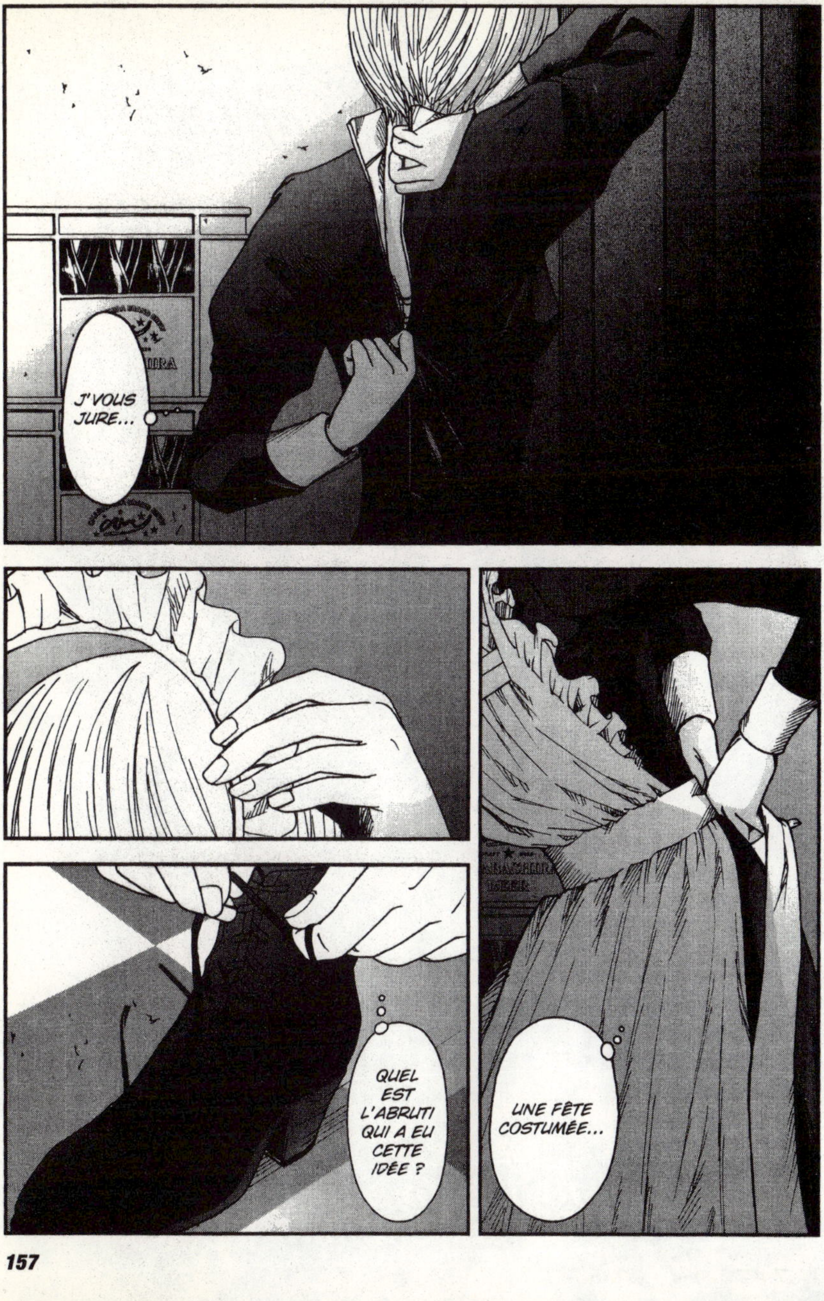
J'VOUS JURE...
UNE FÊTE COSTUMÉE...
QUEL EST L'ABRUTI QUI A EU CETTE IDÉE ?

SAMURAI KITCHEN
VERSION INTERNATIONALE
ON A FINI !!
FÊTE DE REMERCIEMENT
POUR TOUTE L'ÉQUIPE
LA VERSION INTERNATIONALE EST TERMINÉE ! MERCI À TOUS !
level. 18 Les femmes choisissent leur chemin

ON A PEUT-ÊTRE VENDU LES DROITS DU JEU...
MAIS NE VOUS FAITES PAS DE BILE !
JE SUIS UN VRAI GÉNIE !!
AVEC CE FRIC, JE VOUS PROMETS DE CRÉER UN NOUVEAU JEU.
UN JEU ENCORE PLUS FUN QUE SAMURAI KITCHEN !
VOUS POUVEZ COMPTER SUR MOI POUR...
BONK !

CHAUSSURES AUTORISÉES PENDANT LA FÊTE
DÉSOLÉE, JE SUIS UN PEU EN RETARD !!
BONK !

* Kimura Kaela est une jeune chanteuse ayant rejoint Sadistic Mika Band, un groupe formé en 1972.

TU ES VRAIMENT UNE EMPLOYÉE D'ÉLITE !
TU ES ARRIVÉE À RENDRE UNE BOÎTE COMME LA NÔTRE BÉNÉFICIAIRE.
MAIS NON...
JE...
JE NE SAIS NI PROGRAM-MER NI DESSINER...
JE N'ÉTAIS QU'UN POIDS POUR VOUS.
...

NE JOUE PAS LA PETITE FILLE MODÈLE.
TU AS RUDEMENT BIEN TRAVAILLÉ.
TU AS RÉUSSI À DOMPTER CE CRÉTIN DE TAIYÔ...
ET TU LUI AS QUAND MÊME FAIT PONDRE UN JEU.
MAIS MOI, TU VOIS...
JE LUI PASSE TOUS SES CAPRICES.
DRIIING !
UNE LIVRAISON POUR VOUS !

"POUR LE STUDIO G3..."
"DE LA PART DU DIRECTEUR DES OPÉRATIONS DE SOLIDUS WORKS, SENSUI IZURU."
HEIN ?
...
OUAH, DES FLEURS ! QUELLE TOUCHANTE ATTENTION !
IL PENSE À TOUT !
POURQUOI IL NOUS ENVOIE ÇA ?
JE L'AI INVITÉ À CETTE FÊTE, MAIS IL A DÉCLINÉ L'INVITATION. IL ÉTAIT DÉJÀ PRIS.
TIENS... ?

TENKAWA TAIYÔ
UNE QUEUE-DE-RENARD ?
ELLE A DÛ ÊTRE CUEILLIE DANS LE COIN.
C'EST PEUT-ÊTRE UNE MÉTAPHORE POUR DIRE QUE TAIYÔ EST COMME UNE HERBE FOLLE ?
...
QUEL ENFOIRÉ...
CES ROSES...
ELLES SONT POUR NANAMI.

...
HEIN ?! POURQUOI ELLE A DES ROSES ET PAS NOUS ?
GÉNIAL ! UN BOUQUET ENTIER DE ROSES, J'AVAIS JAMAIS VU ÇA !
POUR Mlle TANIZAKI NANAMI
SENSUI IZURU ♡
...

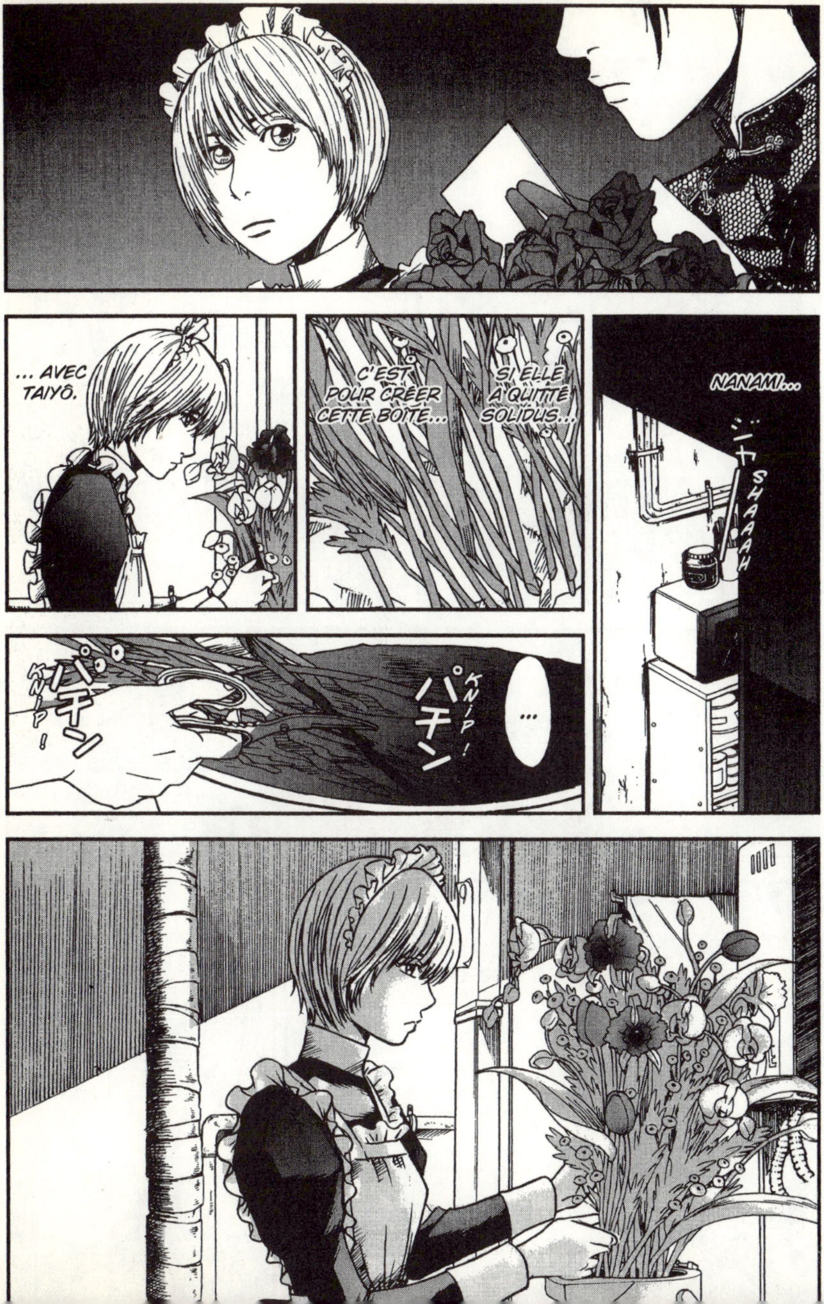
NANAMI...
ジャ
SHAAAAH
SI ELLE A QUITTÉ SOLIDUS...
C'EST POUR CRÉER CETTE BOÎTE...
... AVEC TAIYÔ.
...
パチン
KNIP !
パチン
KNIP !

OH...
QUELLE LOPETTE...
UNE SEULE BIÈRE ET J'AI MÊME PLUS LES YEUX EN FACE DES TROUS !
...
ゴキュ
SLUURP !

CE QU'IL Y A ENTRE SENSUI ET TOI...
IL NE FAUT PAS QUE ÇA DISPARAISSE.
C'EST UN TYPE RÉGLO.
BIEN QU'IL AIT UN POSTE DE DIRECTEUR, IL A PASSÉ LUI-MÊME AU CRIBLE LE MANUEL DES SPÉCIFICATIONS.
ET IL A BEAUCOUP JOUÉ AU JEU, UN PEU COMME UN DÉVELOPPEUR.
L'AMITIÉ, ÇA S'ENTRETIENT !

ARRÊTE, C'EST SUPER ÉNERVANT !!
MAIS TU ES UN CHAT, NON ?
TU N'AVAIS PAS REMARQUÉ, OU QUOI ?
TENKA-WA...
JE RETOURNE À ÔTEMACHI LE MOIS PROCHAIN.
AH BON...

ALORS DÉPÊCHE-TOI DE VENIR CHEZ MOI RÉCUPÉRER TES AFFAIRES.
ELLES M'ENCOMBRENT.
TU SENS MAUVAIS.
PRENDS AU MOINS UN BAIN TOUS LES TROIS JOURS !
ET PUIS...
JE TE PROMETS QUE JE SUPERVISERAI TON TRAVAIL COMME PERSONNE NE L'A JAMAIS FAIT.

TU SAIS...
JE N'AVAIS JAMAIS REMARQUÉ QU'AKIHABARA ÉTAIT AUSSI PRÈS D'ÔTEMACHI.
JE CROYAIS QUE C'ÉTAIT BEAUCOUP PLUS LOIN.
ONKYO

D'ICI, ON PEUT ALLER À OCHANOMIZU À PIED...
ON PEUT MÊME ALLER À UENO.

CHPOF!
UN SOU-VENIR D'AKIBA.
BAM!
BAM!

BAM!
BAM!
BAM!
BAM
BAM
BAM
SPAT!
BLIK!
BLIK!
LIFE
TLING!
TSSS!

BAM! BAM!
BAM!
BAM!
BAM!
BAM!
JE SUIS VENU T'AIDER. ♪
JE CRAINS LE PIRE...
level.18 Fin.

MERCI À LA BOUTIQUE VICTORIA GOLF DE SHINJUKU.
AVEC LES DIFFÉRENTES CARTOUCHES...
VOUS ACCÉDEZ À UN TOTAL DE 49 RÉGLAGES DIFFÉRENTS POUR AJUSTER LE POIDS DE VOTRE CLUB.
NOUVEAUTÉ ! MODÈLE POUR DÉBUTANTS
47,800
COMPARÉ AU MODÈLE PRÉCÉDENT, LE MOMENT D'INERTIE EST BIEN PLUS PRÉCIS...
AVEC CE FRIC, JE POURRAIS ME PAYER AU MOINS QUINZE MAQUETTES DE GUNDAM...
PAR-DON ?
3 PAR3 143y
3m
NiceShot!!
MAX

TANT QUE C'EST UN JEU, ÇA M'ÉCLATE. MAIS SORTI DE ÇA...
level.19 Crazy Sunshine

PROPOSITIONS DE PROJETS POUR CONSOLES NEXT-GEN
studio GZ
ACHÈTE AU MOINS UNE PAIRE DE GANTS.
LE TOURNOI DE HILLS VILLAGE A LIEU LA SEMAINE PROCHAINE.
CE QUI COMPTE LA PREMIÈRE FOIS, C'EST D'AVOIR L'AIR D'UN VRAI GOLFEUR.
TU VAS ÉLARGIR TON CERCLE DE CONNAISSANCES ET TU VAS FAIRE DE L'EXERCICE.
DANS LE GOLF, IL N'Y A QUE DES BONS CÔTÉS !

FLAP
JE NE TE DEMANDE PAS DE RENONCER À TES RÊVES...
MAIS POUR LE MOMENT, IL FAUT GAGNER DE L'ARGENT POUR CONSOLIDER VOS FINANCES.
POC !
POC !
ÇA AUSSI, C'EST LE BOULOT DU PATRON.
DÉVELOPPER UN JEU EN INTERNE POUR UNE CONSOLE NEXT-GEN ? COMBIEN TU CROIS QUE ÇA COÛTERA ?
JE NE TE PARLE PAS DE LA QUALITÉ DU PROJET, MAIS IL FAUT QUE TU AIES AUSSI CONSCIENCE DE L'ASPECT FINANCER.

TAIYÔ...
TU PEUX VÉRIFIER LES EFFETS GRAPHIQUES ?
MASA...
TU AIMES SORTIR POUR RENCONTRER DES FILLES ?
OUI, COMME TOUT LE MONDE...
DONC, TU ES UN CRÉTIN.
POURQUOI TU DIS ÇA ?!
C'EST ENCORE SUDA, C'EST ÇA ?
IL A MONTÉ UN PLAN DRAGUE ET IL LUI MANQUAIT QUELQU'UN POUR FAIRE LE COMPTE ?

ÇA AUSSI, ÇA FAIT PARTIE DU BOULOT.
JE RENTRE CHEZ MOI.
D'ACCORD... BONNE SOIRÉE.
...

GÉNÉRIQUE DE "YÛSHA RAIDEEN", UN ANIMÉ DES ANNÉES 70.

SALUT.
T'ES VENUE FAIRE DES HEURES SUP' ?
OUAIS, UN PEU.
TAC !
TAIYÔ..
HMM ?
TU SAIS...
JE CROIS QUE JE VAIS PEUT-ÊTRE QUITTER LA BOÎTE.

HEIN ?!
IZURU...
IL M'A PROPOSÉ UN JOB.

IL M'A OFFERT LE POSTE DE DIRECTEUR SUR SAMURAI KITCHEN 2...

コン
KLANG !
コロロン
KLONG !
JOLI PAR !!
パチ
CLAP !
パチ
CLAP !
パチ
CLAP !
JOLI PAR.
パチ
CLAP !
パチ
CLAP !
JOLI PAR.
ON DIRAIT QUE TU SUIS LE RYTHME, FINALEMENT !
TU AS MÊME RÉUSSI À TAPER DANS LA BALLE.
JE ME SUIS UN PEU ENTRAÎNÉ...
ALLEZ, C'EST À VOUS, M. LE CRÉATEUR DE JEUX !
AH... VOILÀ, VOILÀ !

TU NE VAS PAS ME RETENIR ?

PLUTÔT QUE DE CONFIER LA SUITE À JE NE SAIS QUI...
JE PRÉFÈRE QU'ELLE SOIT DÉVELOPPÉE PAR QUEL-QU'UN QUE JE CONNAIS...
QUELQU'UN AVEC QUI J'AI TRAVAILLÉ PENDANT LONGTEMPS.
C'EST MIEUX COMME ÇA.

BONNE NUIT.
TAIYÔ...

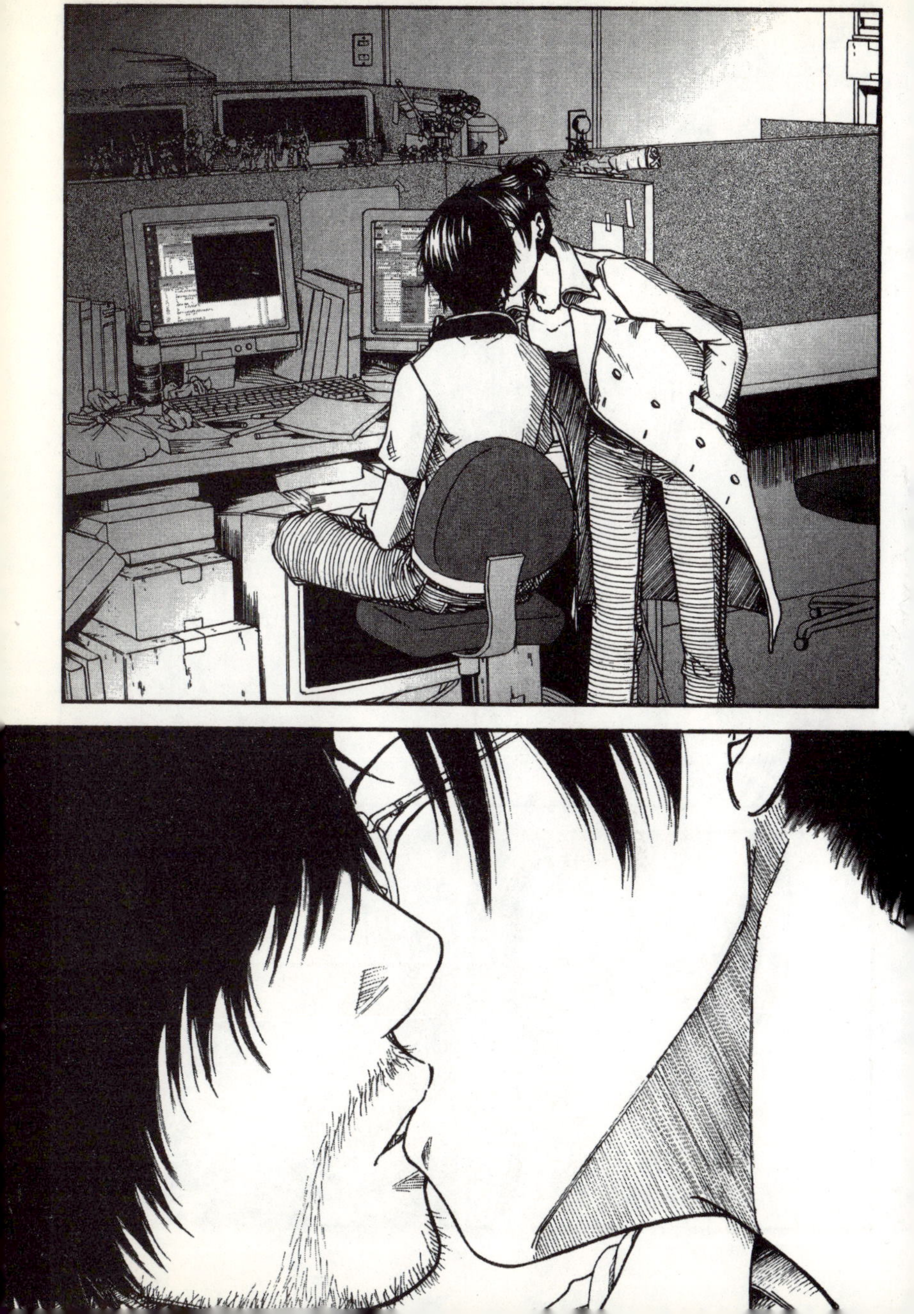

"TOI..."
"LE SEUL TRUC AUQUEL TU DOIS PENSER, C'EST LE JEU."
HA HA HA...
ÇA NE SONNE PAS AUSSI BIEN QUE QUAND C'EST TSUKIYAMA QUI LE DIT.
À PLUS.
BONNE NUIT ♪

DIS DONC !
ON PEUT SAVOIR CE QUE TU ATTENDS ?
LES SOUHAITS DU MONDE ENTIER... ♪
ALLEZ...
REVIENS PARMI NOUS... ♪
RAIDEEN... RAIDEEN... ♪
REÇOIS SUR TON CORPS... ♪

ÇA Y EST, J'AI ENFIN COMPRIS.
FADE IN...
FADE IN... ♪
FAIS VITE JAILLIR...
TON POUVOIR MYS-TÉRIEUX...
JE NE SUIS PAS FAIT...
ALLEZ... ALLEZ...
COU-RA-GEUX... ♪

... POUR ÊTRE LE PATRON !!
RAIDEEN... RAIDEEN... ♪
level.19 Fin.

À CE QU'IL PARAÎT...
QUAND ON JOUE À PIERRE-FEUILLE-CISEAUX, ON A UNE RÉTICENCE PSYCHOLOGIQUE À JOUER "FEUILLE" AU PREMIER COUP.
LA FEUILLE DÉVOILERAIT SOI-DISANT NOS VÉRITABLES INTENTIONS.
MAIS MOI, JE JOUE "FEUILLE" QUAND MÊME !!
ARRÊTE UN PEU DE SORTIR TA SCIENCE...
PIERRE !!
FEUILLE...

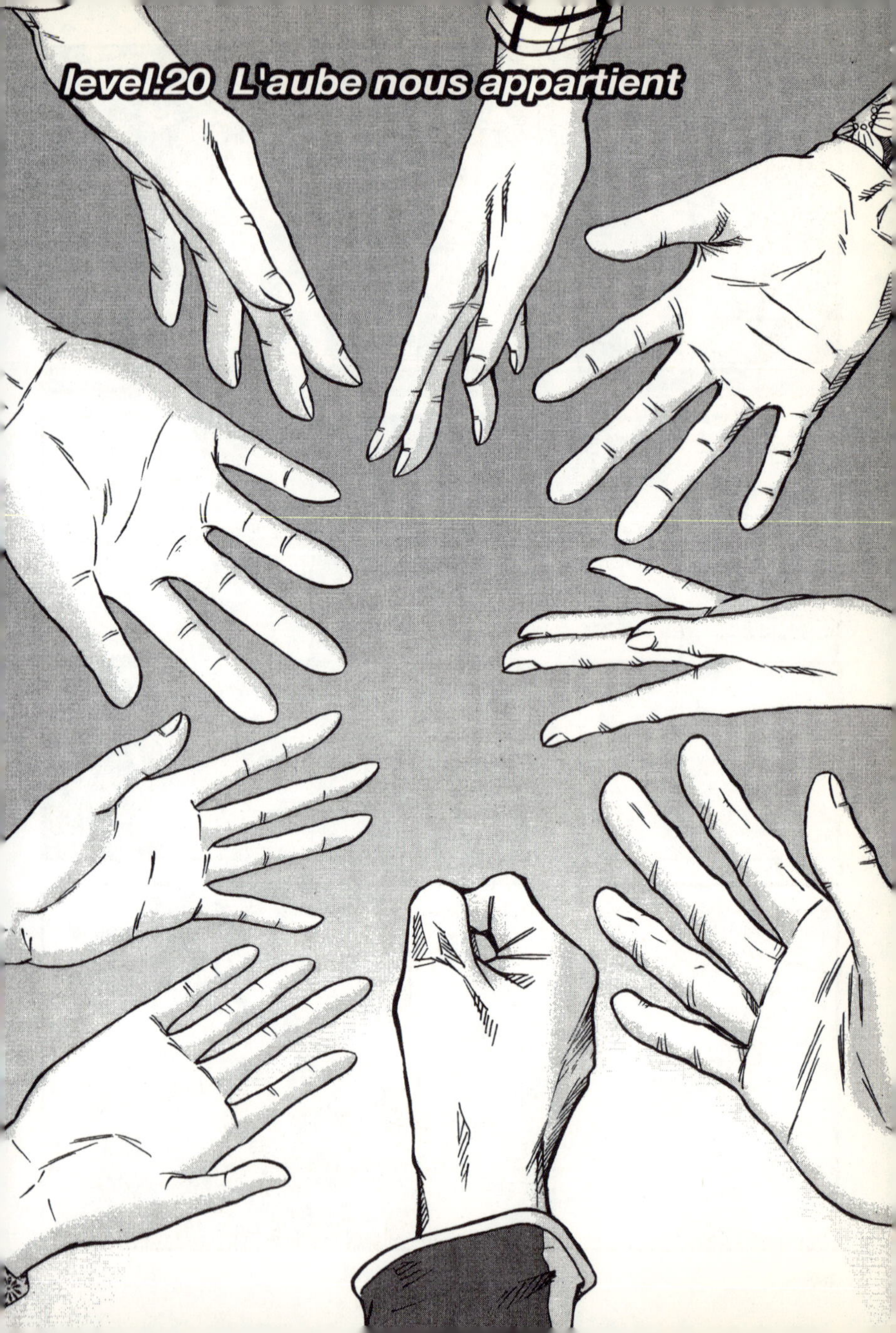
level.20 L'aube nous appartient

MAIS J'AI DIT QUE J'ALLAIS JOUER "FEUILLE"...
ON NE DEVRAIT PAS CHOISIR LE PATRON EN JOUANT À ÇA.
MOI, JE SUIS À 100% POUR QUE TU QUITTES LE POSTE DE DIRECTEUR, MAIS BON...
SI JE DOIS DEVENIR CHEF À CAUSE DE CE JEU, JE DÉMISSIONNE.
大相模
ET PUIS, NANAMI EST PARTIE, ALORS...
ET SI TU ALLAIS TOUT SIMPLEMENT DEMANDER À TU-SAIS-QUI ?
...

* Ministère de l'Économie, du Commerce et de l'Industrie

IL DOIT Y AVOIR UNE RÉUNION DE ROUTINE.
SARUWATARI ÉTÉ TRANSFÉRÉ À ÔMORI, IL ME SEMBLE.
POURQUOI VOUS NE LUI AVEZ PAS LANCÉ UNE REMARQUE SARCASTIQUE ?
EH BIEN...
DÉSORMAIS, IL VA FALLOIR SORTIR VOS GRIFFES. LA GENTILLE FILLE, C'EST TERMINÉ.
VOUS AVEZ BEAU FAIRE DU BON TRAVAIL, IL FAUDRA AUSSI FAIRE PREUVE DE FERMETÉ.

DIS DONC, HOSHINO...
TU NE VOUDRAIS PAS NOUS ARRANGER UN RENCART ?
HEIN ?
PRÉSENTE-NOUS TES COLLÈGUES DE LA BOÎTE DE JEUX !
QUOI ?!
TU SAIS, LES INFORMATICIENS D'AKIBA, C'EST TRÈS À LA MODE.
JE VOUDRAIS BIEN EN VOIR UN POUR DE VRAI...
STOP !
JE VOUS ARRÊTE TOUT DE SUITE !!
TU VEUX TE LES GARDER POUR TOI TOUTE SEULE, C'EST ÇA ?
ILS SONT SI AFFREUX QUE ÇA ?

QUAND VOUS LEUR POSEZ UNE QUESTION, ILS VOUS FONT DIX RÉPONSES.
ILS SENTENT TRÈS MAUVAIS ET VOUS SORTENT SANS CESSE DES HISTOIRES D'ÂME OU D'AUTRES THÉORIES FUMEUSES.
ILS PARLENT EN CITANT DES DIALOGUES D'ANIMÉS ET SE FONT FAIRE DES NOTES DE FRAIS POUR DES MAQUETTES DE ROBOTS.
ET L'AUTRE JOUR, IL NEIGEAIT BEAUCOUP, ET...

SALUT...
TAIYÔ ?
DIS DONC...
...
EUH...
COM-
MENT
DIRE...
ENFIN...
DIS
DONC...

ON SE FAIT UN PIERRE-FEUILLE-CISEAUX ??

ON A UNE RÉTICENCE PSYCHOLOGIQUE À JOUER "FEUILLE" AU PREMIER COUP !
PERSONNE NE VEUT DÉVOILER SES VÉRITABLES INTENTIONS, SOI-DISANT !
MAIS JE VAIS JOUER "FEUILLE" QUAND MÊME !!
D'ACCORD ?
EUH... ATTENDS UN PEU...
PIERRE...
HEIN ?! MAIS...
FEUILLE...

NOM DE DIEU, TOI AUSSI ?! MAIS J'AI DIT QUE J'ALLAIS JOUER "FEUILLE" !!
OÙ VEUX-TU EN VENIR ?
CELUI QUI PERD DEVIENT LE PATRON DU STUDIO.
...

TAIYÔ...
TU VEUX QUITTER TON POSTE DE DIRECTEUR ?
...
TU ES À QUEL POSTE, MAINTENANT ?
"LE SEUL TRUC AUQUEL TU DOIS PENSER, C'EST LE JEU."
C'EST BIEN TOI QUI M'AS DIT ÇA, NON ?
ASSISTANTE DE DIRECTION, POURQUOI ?
BEN ALORS, C'EST MOINS BIEN QUE DIRECTRICE !
POUR TOUT TE DIRE...
JE FAIS LA CHASSE AUX CANDIDATS POTENTIELS !

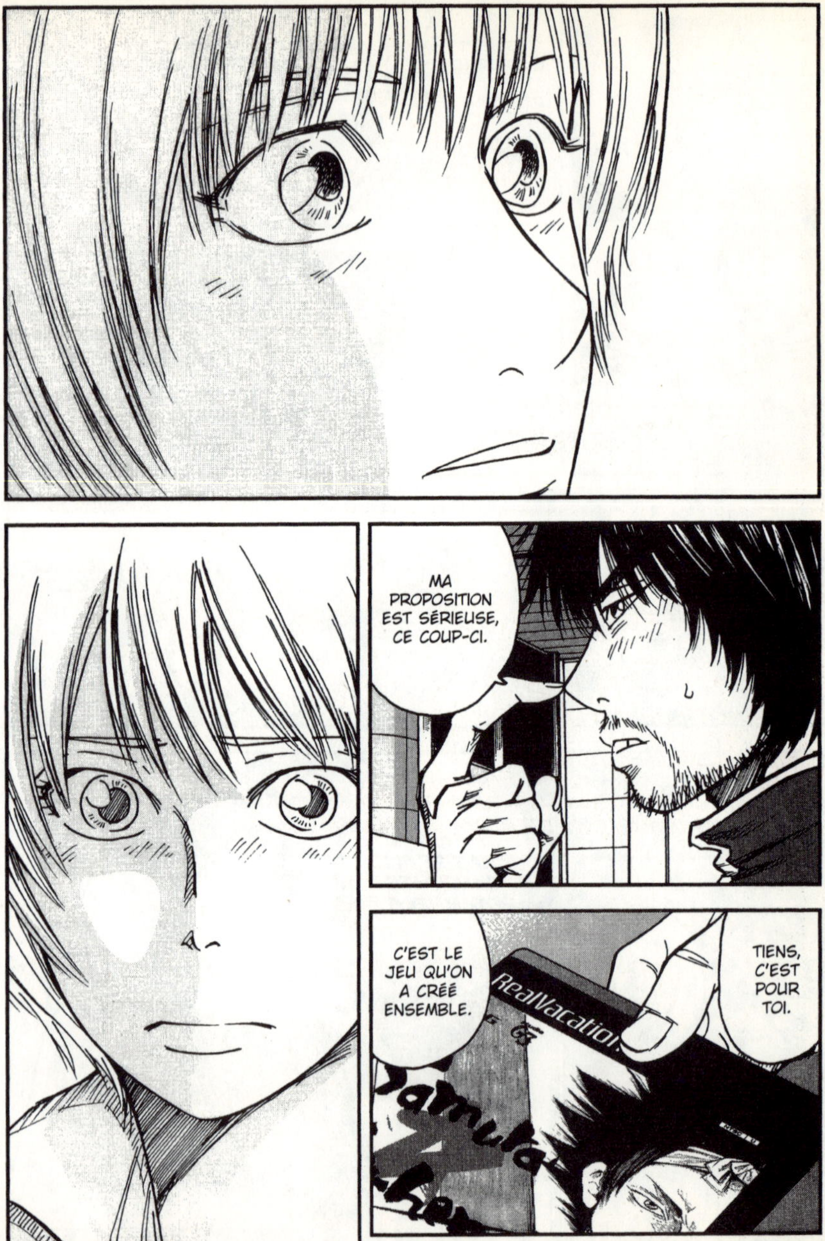
MA PROPOSITION EST SÉRIEUSE, CE COUP-CI.
TIENS, C'EST POUR TOI.
C'EST LE JEU QU'ON A CRÉÉ ENSEMBLE.

À PLUS !
Ce disque est une version de développement et ne fonctionnera pas tel quel. Lance d'abord le disque que je t'ai mis avec.
"RealVacation" and
SOLIDUS WORKS
MADE IN JAPAN
WARNING
カチカチ
TCHIK !
カチカチ
TCHIK !
カチカチ
TCHIK !
タンタン
TCHIK !

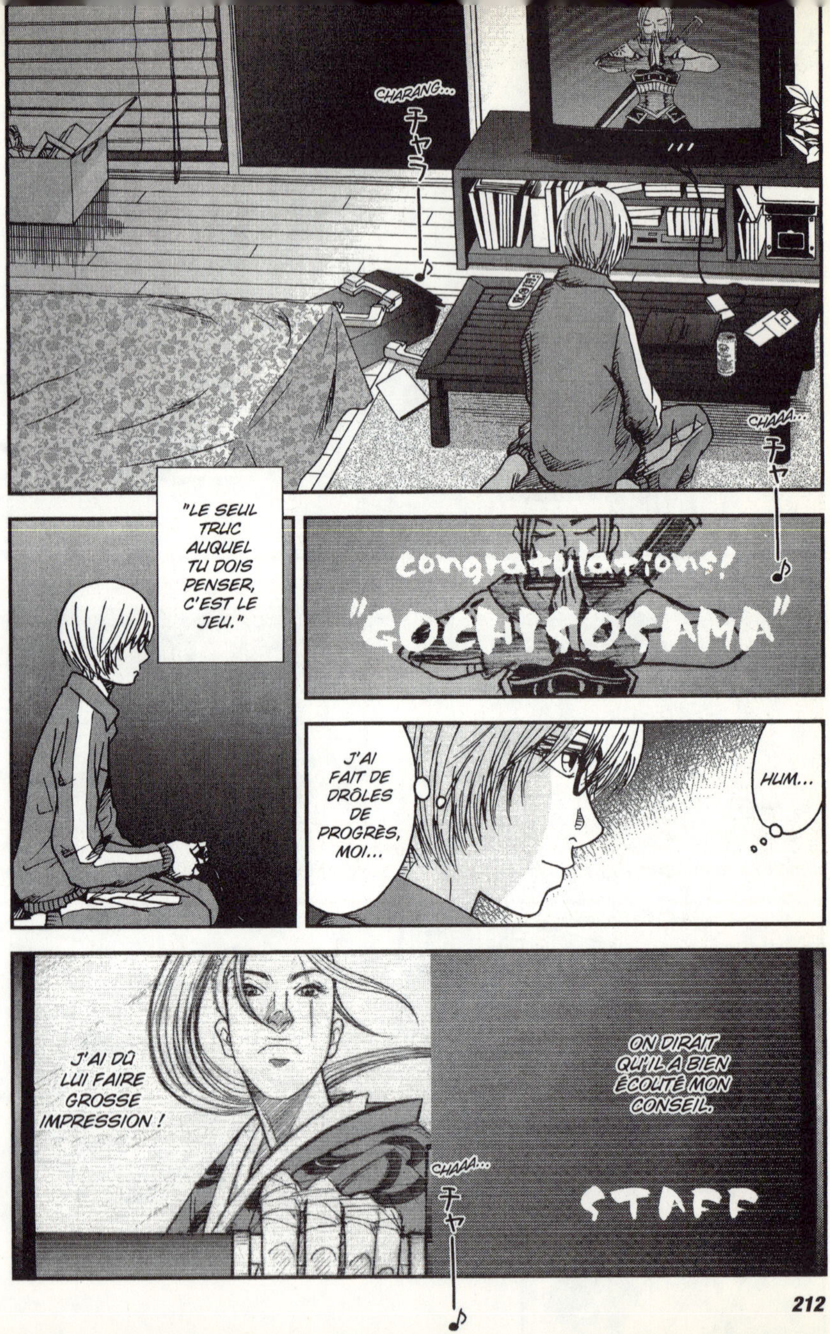

CHARANG...
チャラー♪
CHAAA...
チャー♪
"LE SEUL TRUC AUQUEL TU DOIS PENSER, C'EST LE JEU."
congratulations!
"GOCHISOSAMA"
HUM...
J'AI FAIT DE DRÔLES DE PROGRÈS, MOI...
ON DIRAIT QU'IL A BIEN ÉCOUTÉ MON CONSEIL.
J'AI DÛ LUI FAIRE GROSSE IMPRESSION !
STAFF
CHAAA...
チャー♪

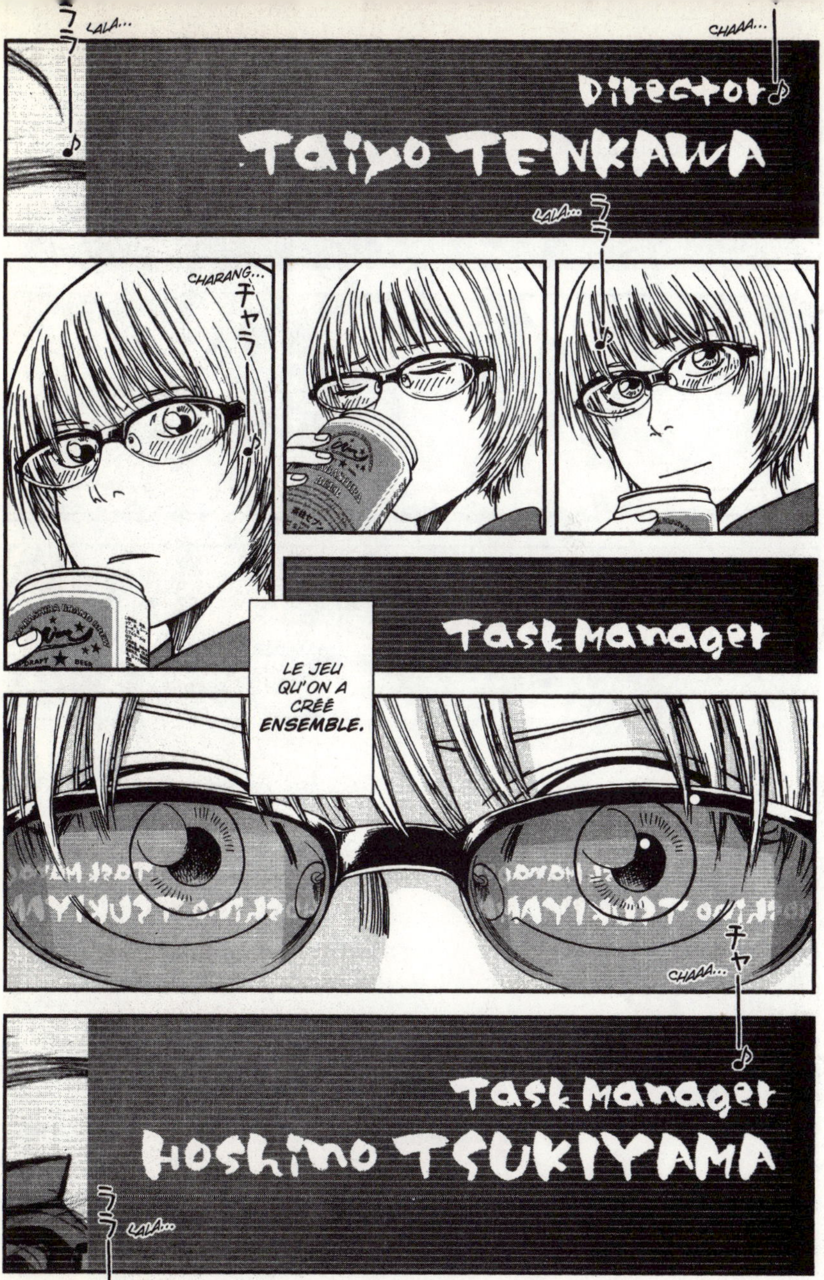

チャー
CHAAA...
Director
Taiyo TENKAWA
ララー
LALA...
ララー
LALA...
チャラー
CHARANG...
Task Manager
LE JEU QU'ON A CRÉÉ ENSEMBLE.
チャー
CHAAA...
Task Manager
Hoshino TSUKIYAMA
ララー
LALA...

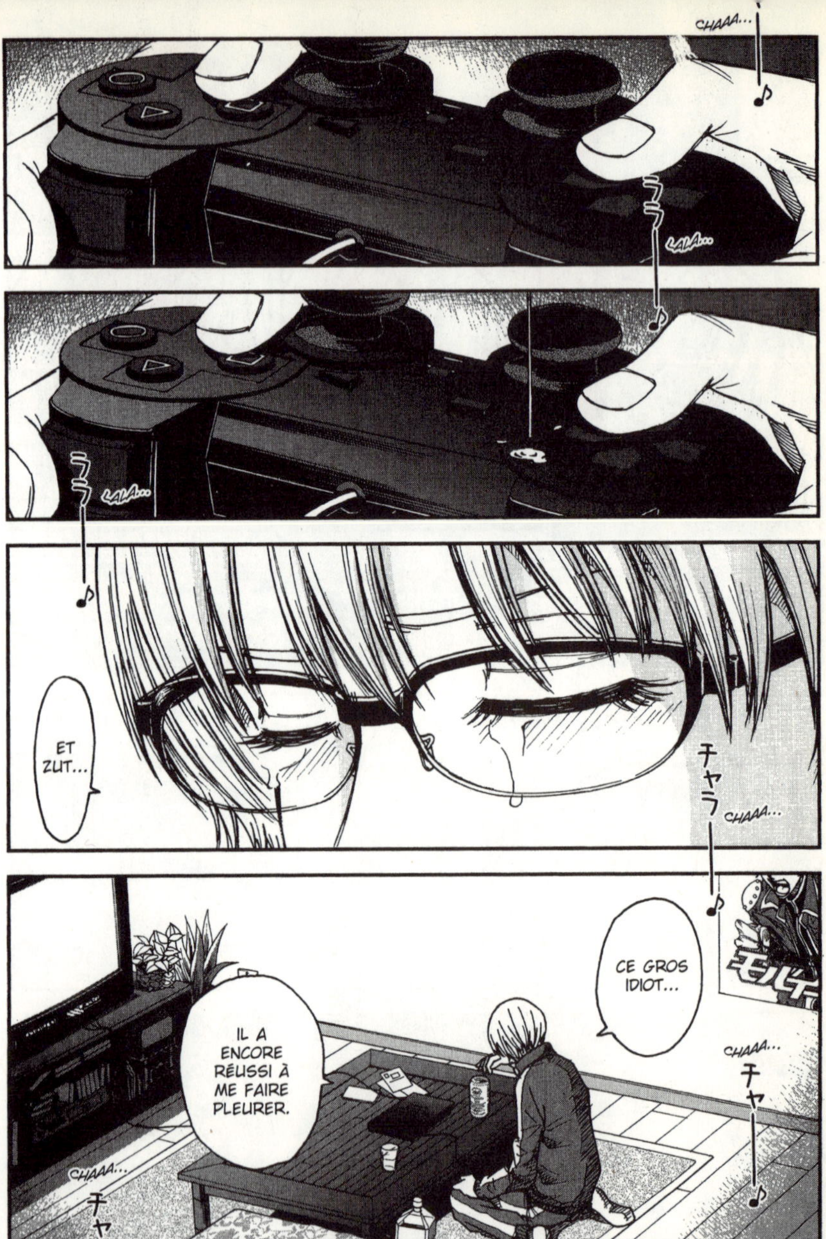
CHAAA...
ラ
LALA...
ラ
LALA...
チャラ
CHAAA...
ET ZUT...
CE GROS IDIOT...
IL A ENCORE RÉUSSI À ME FAIRE PLEURER.
CHAAA...
チャー
CHAAA...
チャー

OUI, G3...
TULULULULU
...
TULULULULU
LA WORKING GIRL ?
TU POURRAIS QUAND MÊME M'APPELER PAR MON PRÉNOM, MAINTENANT...
TU NE CROIS PAS, TAIYÔ ?

JE VEUX BIEN REFAIRE UNE PARTIE DE PIERRE-FEUILLE-CISEAUX AVEC TOI.

MAIS QUE CE SOIT BIEN CLAIR...
SI JE DEVIENS DIRECTRICE, JE NE TE PASSERAI AUCUN CAPRICE.
PIERRE...
FEUILLE...
薄型テレビ
ONKYO

CRiiiC
CRiiiC
CRiiiC
CRiiiC
INCRO-
YABLE !
UN GRAND GARÇON COMME TOI DEVRAIT SAVOIR FAIRE UN NŒUD DE CRAVATE, TU NE CROIS PAS ?

ET TA BARBE ? JE T'AVAIS DIT DE LA RASER !!
J'AI PAS BESOIN DE ME FAGOTER COMME ÇA POUR ALLER VOIR SENSUI !
REGARDEZ-MOI UN PEU CES DEUX TOURTEREAUX...
ON DIRAIT SA JEUNE ÉPOUSE, PAS SA NOUVELLE PATRONNE !
SI ON VEUT QUE LE STUDIO G3 PUISSE DÉVELOPPER SUR CONSOLES NEXT-GEN...
しゅる
IL FAUT ABSOLUMENT EMBARQUER SOLIDUS AVEC NOUS.
ON VA LEUR FAIRE ACCEPTER NOTRE PROJET.
AVEC MOI, PAS DE PROBLÈME !

JE SUIS UN VÉRITABLE GÉNIE !
Tokyo Toy Box – Fin !

TOKYO
TOYBOX

TOKYO TOYBOX DATABASE

CETTE BASE DE DONNÉES A ÉTÉ COMPILÉE POUR QUE VOUS PUISSIEZ APPRÉCIER ENCORE PLUS PROFONDÉMENT L'UNIVERS DE TOKYO TOY BOX. MAIS ESSAYEZ DE NE PAS TOUT PRENDRE AU PIED DE LA LETTRE, CAR LA VÉRITÉ SE MÉLANGE À LA FICTION ET CERTAINES CITATIONS OU DÉTAILS SECONDAIRES SONT COMPLÈTEMENT INVENTÉS.

HANAYASHIKI (P.5)
C'est un petit parc d'attractions situé dans le quartier populaire d'Asakusa, à Tokyo. Pour Taiyô, c'est la définition même du parc d'attractions. En fait, le jeu du chasse-taupes a été développé par le frère de la directrice honoraire de Hanayashiki, Takai Hatsue. C'est pourquoi on peut jouer à cette version du jeu dans le parc : la machine d'origine fonctionnait toujours en septembre 2007.

NOS PROGRAMMEURS SONT DRÔLEMENT ÉNERVÉS ! (P.3)
Jusqu'à la fin du développement d'un jeu vidéo, ce sont les programmeurs qui ont le plus de travail. Les graphistes, eux, finissent leurs tâches les premiers : ils aident ensuite au debug ou prennent des congés. C'est pour cette raison qu'on voit Abe Mari aider les programmeurs en leur apportant les cartons. Elle est sympa, Abe Mari !

POC ! (P.19)
C'est le bruit que font les couvercles munis de languettes et qui permettent de garder le café au chaud. Ils sont typiques des grandes chaînes de cafés à la mode de Seattle.

⬆ POUR L'EXPLICATION DU "POC" DE TAIYÔ, CONSULTER LE TOME 2 DE GIGA TOKYO TOYBOX.

LE SOUS-NIVEAU SUSHI (P.31)
C'est une quête secondaire exclusive à la version internationale de Samurai Kitchen. Puisqu'il faut y préparer des sushis et que les ingrédients sont vite périssables, c'est un sous-niveau très difficile. Il faut effectuer toute une série de petites actions, comme cuire les ingrédients ou les faire mariner dans le vinaigre. Pour le riz, à part le vinaigre normal, on peut utiliser du vinaigre rouge : c'est un accessoire très rare qu'on ne peut trouver que dans ce sous-niveau.

LE TABLIER "UMAIZO* !" (P.26)
Le tablier "Cooking Papa" que porte Tsukiyama a été gagné par la femme de Yuasa lors d'un concours organisé par le magazine "Morning". Il est très fréquent de voir les femmes participer aux concours des magazines achetés par leurs maris. Maître Ueyama, merci d'avoir accepté que nous utilisions votre personnage !

* "C'est super bon !"

LEVEL 11

⬆ C'EST PAREIL CHEZ LES DESSINATEURS DE MANGAS.

LA VENTE À LA SAUVETTE DE LÉGUMES (P.93)
Après le déplacement du marché aux fruits, on trouvait toujours à cet endroit des gens qui vendaient des légumes. Les autorités avaient même placardé des affiches interdisant la vente à la sauvette qui avait lieu dans ces gigantesques bâtiments désertés où flottait encore une odeur de fruits tropicaux. Difficile de dire si c'était vraiment plus dangereux que chaleureux... mais en tout cas, c'était un spectacle qui ne manquait pas de saveur.

DEUX P'TITS FLOCONS DE NEIGE ET C'EST LA PANIQUE ! (P.88)
Tsukiyama vient de Yokote, dans la préfecture d'Akita : c'est une des régions les plus enneigées du Japon. Ces quelques centimètres de neige ne sont donc rien pour elle. Elle a noué des carrés de tissu autour des ses bottes pour ne pas glisser.
Pour la petite histoire, quand Tsukiyama était jeune employée chez Info Select, il y eut aussi un jour de grande neige. Elle opta pour la solution la plus pratique à ses yeux et se rendit à son bureau avec... une paire d'après-skis ! Évidemment, elle était la seule à porter de telles chaussures dans sa société et elle a bien senti que l'atmosphère se glaçait sur son passage... Depuis cet incident, la pauvre Tsukiyama a renoncé à ses après-skis quand elle est à Tokyo. Finira-t-elle par les remettre un jour ? C'est ce que nous verrons !

LEVEL 14

COMMENT TROUVEZ-VOUS MON BUREAU ? (P.102)

On ne sait pas qui a lancé cette habitude, mais les employés de Solidus ne parlent plus du bureau du directeur des opérations que sous le terme de "bureau Yamato". Il est décoré à partir d'idées tirées de divers films et animés, sans inspiration particulière.

Les travaux de décoration ont coûté assez cher, mais moins que ne le laisserait penser le résultat final, car il y a beaucoup d'éléments en trompe-l'œil. Ça a tout de même demandé un budget équivalent à celui d'un décor de cinéma et pas mal d'employés n'ont pas vraiment apprécié ce caprice.

Au passage, les tatamis et la table basse appartiennent à Sensui. On se demande s'il ne les a pas ramenés de chez sa grand-mère...

LEVEL 15

↑ CETTE HISTOIRE NE SERAIT PAS CELLE DU SOUS-LIEUTENANT DE "MARC ET MARIE", SENSUI ?

JE N'AVAIS JAMAIS REMARQUÉ QU'AKIHABARA ÉTAIT AUSSI PRÈS D'ÔTEMACHI (P.172)

À vol d'oiseau, les deux quartiers sont très proches. Entre le Studio G3 situé à Shôheibashi (Akihabara) et Info Select situé à Kamakurabashi (Ôtemachi), il n'y a que 1,2 km. En taxi, ça ne coûte que le tarif minimum d'une course ; à pied, il ne faut qu'une quinzaine de minutes.

LEVEL 18

LE PREMIER COUP À PIERRE-FEUILLE-CISEAUX (P.197)

D'après une étude menée par Yoshizawa Mitsuo, professeur de sciences physiques à l'université des sciences de Tokyo, le pourcentage de personnes jouant "ciseaux" au premier coup est de 31,68 %. Ceux qui jouent "pierre" sont 35,04 % et ceux qui jouent "feuille", 33,28 %.

Vous l'aurez compris, la petite théorie de Taiyô est complètement fausse. Mais la technique qu'il utilise, à savoir annoncer le coup qu'il va jouer, vise à déstabiliser psychologiquement ses adversaires. Cette ruse n'est pas nouvelle mais donne parfois des résultats. Si votre rival l'utilise, tâchez de deviner ce qu'il compte réellement faire et jouez exactement ce qu'il a annoncé !

LEVEL 20

Bonus

TSUKIYAMA

2e épisode

MAIS EUH, DÉPÊCHEZ-VOUS !!
SINON MOBILER IL VA SE FAIRE BATTRE !!
OUIIIIN !!!
!
ALLEZ, ON Y VA !!
UN, DEUX, TROIS...
MOBILE CHAIN !
OUF...
...

Remerciements

Ce manga n'aurait pas pu voir le jour sans l'aide de nombreuses personnes.

- Endô, Nakanishi, Ueki et tous les employés d'Acquire, qui ont toujours répondu gentiment, même quand il fallait répondre très vite, et qui nous ont écrit plein de gentils commentaires dans la marge du magazine où paraissait la série.
- Endô Masanobu : merci pour ses sympathiques commentaires pour la présentation du tome 1.
- Yonemitsu Kazunari : merci pour ses sympathiques commentaires pour la présentation du tome 1.
- Tous les élèves des cours de technique et de conceptualisation des technologies numériques, qui ont gardé un œil extrêmement attentif sur l'histoire.
- Sugihara Yumiko : nous avons aussi consulté son livre, *Manuel d'imagerie numérique pour les jeux.*
- Katô Yoshimi : merci pour ses histoires si vivantes.
- Tous nos assistants : à force d'avaler des repas et de manger des gâteaux, vous avez bien grandi !
- Et surtout, à vous tous, qui avez lu ce manga !

~ Staff ~

Assistants :
Itô "Vacuum" Shizuka
Hasegawa "Mariée thaï" Mika
Imai "Dokaben" Aya
Satake "Still Just Married" Ai
Katô "Mes parents sont fans de Touch" Minami

Assistante spéciale :
Love Fighter Midori

Ume
Ozawa Takahiro
Seo Asako

大東京トイボックス
GIGA TOKYO TOYBOX
1
UME
OZAWA TAKAHIRO
SEO ASAKO
DOKI DOKI
Retrouvez Taiyô et toute l'équipe du studio G3 dans *Giga Tokyo Toybox* !
Volume 1 disponible en mars 2009
DOKI DOKI
Plus d'infos sur www.doki-doki.fr

PING PONG DASH!!
HONDA SHINGO
4
Sortie du volume 4
en janvier 2009
PING PONG DASH!!
HONDA SHINGO
1
PING PONG DASH!!
HONDA SHINGO
2
PING PONG DASH!!
HONDA SHINGO
3
3 volumes disponibles
DOKI DOKI
Plus d'infos sur www.doki-doki.fr

KWÔAA ?
SWOM!
VOUS POURRIEZ...
... ME RENSEIGNER ?
SI TU PRENDS NOTRE SPORT À LA LÉGÈRE, JE SERAI SANS PITIÉ !
HAN !
SNUURF !
J'Y VAIS À 100 % !
ELLE ME PREND VRAIMENT POUR UN NAZE !!

Notre star à nous,
Bambina !
3 volumes disponibles
Série terminée
BAMBINA
Kanzaki Masaomi
BAMBINA
DÉESSE DE L'AMOUR
DÉESSE DE L'AMOUR
BAMBINA
Kanzaki Masaomi
Vole au secours des amoureux !
Vole au secours des amoureux !
BAMBINA
DÉESSE DE L'AMOUR
Kanzaki Masaomi
BAMBINA

Arrivé en seconde, Yûtarô n'a encore jamais touché une fille de sa vie. Alors qu'il se décide enfin à déclarer sa flamme à Yumeko, il découvre sa princesse en train de se faire tripoter par un autre ! Le même soir, il reçoit la visite de Bambina, déesse de l'amour, canon en "liberté conditionnelle", envoyée pour réaliser un de ses vœux... Quiproquos et situations croustillantes : avec les puceaux sauvages de Bambina, l'humour ne capote jamais !

YAMIKAGISHI
LE MAÎTRE DES CLEFS
Série terminée en 4 volumes
3 volumes disponibles
Sortie du volume 4 en février 2009
DOKI DOKI
Plus d'infos sur www.doki-doki.fr

Mettre les démons sous les verrous : telle est la mission du maître des clefs !

Les démons d'Edo gagnent en puissance. Mais faire admettre leur existence aux autorités n'est pas chose aisée, et bien des soupçons planent sur Jônosuke... À tel point que c'est le maître des clefs lui-même qui risque de finir sous les verrous !!

FULL AHEAD !
COCO
11 volumes
déjà disponibles
Sortie du volume 12
en janvier 2009
DOKI DOKI
Plus d'infos sur www.doki-doki.fr

Fasciné par les pirates, le jeune Coco n'en croit pas ses yeux le jour où il rencontre son idole, le capitaine Crazy Bart.

Ensemble, ils embarquent pour la plus grande aventure de leur vie, à la poursuite de la légende de Falcon !

En avant toute !

AA-!
TIC!
TIC!
AAA-!
TIC!
AA
AAAA-!
TIC!

TOKYO TOYBOX Vol.2

Traduction et adaptation : Jean-Benoît Silvestre
Lettrage : Studio Charon
Adaptation graphique : Agnès Moreau

BAMBOO ÉDITION
116, rue des Jonchères - BP 3
71012 CHARNAY-LÈS-MÂCON cedex
Tél : 03 85 34 99 09 - Fax : 03 85 34 47 55
Site web : www.bamboo.fr
E-mail : bamboo@bamboo.fr

PREMIÈRE ÉDITION
Dépôt légal : décembre 2008
ISBN : 978-2-35078-557-8

Imprimé en France par Hérissey / Groupe CPI, Évreux

SUN-KEN ROCK
LE MANGA COUP DE POING !
SUN-KEN ROCK Boichi 1
SUN-KEN ROCK Boichi 2
SUN-KEN ROCK Boichi 3
サンケンロック Boichi 4 SUN-KEN ROCK
3 volumes disponibles
Sortie du volume 4
en mars 2009
DOKI DOKI
Plus d'infos sur www.doki-doki.fr

Après avoir malencontreusement détruit un petit autel dans l'enceinte du sanctuaire Rokujô, Yôsuke découvre avec stupeur qu'il héberge à présent dans son bras gauche une arme mystique : "l'arc de Suzaku", le phénix rouge. Il devra en faire usage pour s'opposer aux kenzoku, ces abominables créatures qui déferlent subitement sur la petite ville de Miyakono...

9 volumes disponibles

Volume 10 disponible en Février 2009

DOKI DOKI Plus d'infos sur www.doki-doki.fr